C.Bertelsmann

Eric-Emmanuel

Schmitt

Madame Pylinska und das Geheimnis von Chopin

Mit Illustrationen von
Daphne Patellis

Aus dem Französischen
von Michael von Killisch-Horn

C.Bertelsmann

Die Originalausgabe erschien 2018 unter dem Titel
Madame Pylinska et le secret de Chopin
bei Éditions Albin Michel, Paris.

MIX
Papier | Fördert gute Waldnutzung
FSC® C014889
FSC
www.fsc.org

Penguin Random House Verlagsgruppe FSC© N001967

5. Auflage

in der Penguin Random House Verlagsgruppe GmbH,
Neumarkter Straße 28, 81673 München
produktsicherheit@penguinrandomhouse.de
(Vorstehende Angaben sind zugleich
Pflichtinformationen nach GPSR)

Umschlag: www.buerosued.de, München
Umschlagmotiv: Daphne Patellis, München
Satz: satz-bau Leingärtner, Nabburg
Druck und Bindung: Friedrich Pustet, Regensburg
ISBN: 978-3-570-10403-3
www.cbertelsmann.de

Im Haus meiner Kindheit lebte ein Eindringling. Von außen glaubten alle, die Familie Schmitt zähle vier Mitglieder – zwei Eltern, zwei Sprösslinge –, obwohl fünf Personen unser Zuhause bewohnten. Der Eindringling hielt sich dauerhaft im Wohnzimmer auf, schlafend, wach, meckernd, reglos, lästig.

Ganz und gar in Anspruch genommen von ihren Aufgaben, ignorierten die Erwachsenen ihn, mit Ausnahme meiner Mutter, die manchmal verärgert dafür sorgte, dass er sauber blieb. Nur meine Schwester unterhielt eine Beziehung zu dem Störenfried, indem sie ihn jeden Tag gegen Mittag weckte, worauf er geräuschvoll reagierte. Ich hasste ihn; sein Grollen, sein finsteres Aussehen, seine strenge Gestalt, seine Verschlossenheit stießen mich ab; wenn ich abends im Bett lag, betete ich oft, er möge uns verlassen.

Seit wann wohnte er bei uns? Für mich hatte er immer zum Inventar gehört. Braun, gedrungen, fett, voller Flecken, das Elfenbein der Zähne vergilbt, wechselte er von hinterhältigem Schweigen zu aufdringlichem Lärm. Wenn meine ältere Schwester ihm ihre Zeit widmete, zog ich mich schleunigst in mein Zimmer zurück, wo ich vor mich hin trällerte und mir die Ohren zuhielt, um ihren Dialog nicht hören zu müssen.

Sobald ich das Wohnzimmer betrat und argwöhnisch um ihn herumschlich, warf ich ihm einschüchternde Blicke zu, damit er an seinem Platz blieb und begriff, dass es niemals Freundschaft zwischen uns geben würde; und er tat so, als bemerkte er mich nicht. Wir mieden uns mit einer solchen Hartnäckigkeit, dass unsere Fehde die Atmosphäre vergiftete. Abends hörte er sich unsere Unterhaltungen kommentarlos an, was nur mich auf die Palme brachte, so sehr waren meine Eltern seine stumpfsinnige Gegenwart gewohnt.

Der Eindringling hieß Schiedmayer und war ein Klavier. Unsere Familie duldete diesen Parasiten seit drei Generationen.

Unter dem Vorwand des Musikunterrichts quälte meine Schwester ihn täglich. Oder umgekehrt … Keine Melodie drang aus diesem Büfett aus Nussholz, sondern Hammerschläge, falsche Töne, Geklirre, zahnlose Tonleitern, lahme Rhythmen, dissonante Akkorde; zwischen *Le dernier soupir* und dem *Türkischen Marsch* fürchtete ich besonders eine Tortur, die meine Schwester *Für Elise* nannte, komponiert von einem Folterer namens Beethoven, die meine Ohren quälte wie der Bohrer des Zahnarztes.

Eines Sonntags, es war mein neunter Geburtstag, deutete Tante Aimée, blond, weiblich, seidig, gepudert, nach Iris und Maiglöckchen duftend, auf das schlafende Ungeheuer.

»Dein Klavier, Eric?«

»Ganz und gar nicht!«, entgegnete ich.

»Wer spielt darauf? Florence?«

»Sieht so aus«, brummte ich und verzog das Gesicht.

»Florence! Komm, spiel uns etwas.«

»Ich kann nichts«, maulte meine Schwester, und zum ersten Mal schätzte ich ihre Hellsicht.

Aimée rieb sich das Kinn, das ein hübsches Grübchen schmückte, und betrachtete den Unerwünschten.

»Mal sehen …«

Ich lachte, da der Ausdruck »Mal sehen« mich immer amüsiert hatte, zumal meine Mutter ihn in der Formulierung »Mal sehen, sagte der Blinde« benutzte.

Unbeeindruckt von meiner Heiterkeit, hob Aimée vorsichtig den Holzdeckel hoch, als öffnete sie den Käfig eines Raubtiers, ließ den Blick über die Tasten gleiten, berührte sie leicht mit ihren schlanken Fingern und zog sie plötzlich zurück, als ein Fauchen durch den Raum drang: Die Raubkatze sträubte sich, widerspenstig, bedrohlich.

Daraufhin wiederholte Tante Aimée geduldig ihre vorsichtigen Annäherungsversuche. Mit der linken Hand streichelte sie die Tastatur. Das Tier gab einen gedämpften Ton von sich; unglaublich, es muckte nicht auf, zeigte sich fast liebenswürdig. Aimée spielte ein Arpeggio; der Grobian schnurrte wohlwollend; er gab nach, sie zähmte ihn.

Aimée unterbrach befriedigt ihre Geste, musterte den Tiger, den sie in ein Kätzchen verwandelt hatte, setzte sich auf den Hocker und begann, selbstsicher und dem Tier vertrauend, zu spielen.

In dem sonnendurchfluteten Wohnzimmer war eine neue Welt aufgetaucht, ein leuchtendes Anderswo, das in Schwaden durch den Raum schwebte, friedlich, geheim, wogend, das uns erstarren ließ und aufmerksam machte. Worauf? Ich wusste es nicht. Ein außerordentliches Ereignis spielte sich da ab, das Erblühen eines Paralleluniversums, die Epiphanie einer anderen Art zu existieren, dicht und ätherisch, reich und flüchtig, zart und stark, die sich hingab und doch die Tiefe eines Geheimnisses bewahrte.

In der von unserer Hingerissenheit gesättigten Stille betrachtete Tante Aimée die Tastatur, lächelte ihr dankbar zu, und als sie zu uns aufblickte, konnten ihre Lider kaum die Tränen zurückhalten.

Meine Schwester starrte niedergeschlagen mit scheelem Blick den Schiedmayer an, der ihr niemals die Ehre erwiesen hatte, so zu klingen. Meine Eltern sahen sich an, fassungslos, dass diese dunkle und dickbäuchige Anrichte, mit der sie ein Jahrhundert gelebt hatten, so sehr zu bezaubern vermochte.

Und ich rieb mir die Unterarme, deren Haare sich aufgerichtet hatten, und fragte Tante Aimée: »Was war das?«

»Natürlich Chopin.«

Noch am selben Abend verlangte ich, Unterricht zu bekommen, und eine Woche später begann ich, das Klavierspiel zu erlernen.

Da er bemerkte, wie sehr seine Komplizenschaft mit Tante Aimée mich erschüttert hatte, kostete der Schiedmayer seinen Triumph nachsichtig aus: Er vergaß meine frühere Feindseligkeit und fügte sich meinen Tonleitern, Arpeggios, Oktaven und Etüden von Czerny. Sobald ich diese Anfangsgründe mühsam erworben hatte, machte Madame Vo Than Loc, meine Lehrerin, mich mit Couperin, Bach, Hummel, Mozart, Schumann, Debussy vertraut … Entgegenkommend beugte die Anrichte sich meinen Ansprüchen und erfüllte bereitwillig meine Wünsche. Wir waren auf dem besten Weg, uns zu schätzen.

Kurz bevor ich sechzehn wurde, wollte ich unbedingt endlich Chopin spielen. Hatte ich nicht das Klavier gewählt, um sein Geheimnis zu ergründen? Meine Lehrerin entschied sich für einen Walzer, ein Prélude und ein Nocturne, und ich erbebte bei dem Gedanken, die höchsten Weihen zu erlangen.

Doch so sehr ich mich auch anstrengte, die schwierigen Partituren zu meistern, mir die Stücke einzuprägen, die Tempi zu respektieren, ich empfand nie mehr das Erschauern des ersten Mals, dieses wollüstige Anderswo, das die Samtigkeit der Töne, die Liebkosungen der Akkorde, die kristalline Klarheit der Melodie gewebt hatten. Das Klavier gehorchte zwar den Impulsen meiner Finger, klang aber nicht wie in meinen Träumen und meinen Erinnerungen. Das Wunder fand nicht statt. Das Instrument, das unter den Fingern von Tante Aimée sanft, klar und zart geklungen hatte, tönte männlich und eindeutig unter den meinen. Lag es an ihm? An mir? An meiner Lehrerin? Irgendetwas entzog sich mir. Chopin floh mich.

Meine literarischen Studien beanspruchten meine Energie, und dann zwang mich mein zwanzigster Geburtstag, Lyon, meine Familie und den Schiedmayer zu verlassen, um nach Paris zu gehen und mich in die École normale supérieure einzuschreiben, deren Aufnahmeprüfung ich bestanden hatte. Dort, dem Kloster der Schule entkommen, endlich frei, auszugehen, zu tanzen, zu trinken, zu flirten, mit Mädchen zu schlafen, stürzte ich mich glücklich ins Leben und verausgabte meine Kräfte, indem ich mich amüsierte und arbeitete. Da ich jetzt freier über meinen Tagesablauf verfügen konnte, suchte ich einen Lehrer, der mir helfen sollte, den Fall Chopin zu lösen. Er ließ mir keine Ruhe. Sein Licht, sein Frieden, seine Zärtlichkeit fehlten mir. Die Spur, die er eines Frühlingsnachmittags an meinem neunten Geburtstag in mir hinterlassen hatte, schwankte zwischen Abdruck und Verletzung. Obwohl ich jung war, empfand ich so etwas wie Sehnsucht; ich musste ihm sein Geheimnis entreißen.

Nach einer Umfrage unter meinen Pariser Kommilitonen schien eine Person geeignet zu sein, eine gewisse Madame Pylinska, die sich eines ausgezeichneten Rufs erfreute, eine nach Paris emigrierte Polin, die im 13. Arrondissement unterrichtete.

»Hallo?«

»Guten Tag, ich würde gern mit Madame Pylinska sprechen.«

»Am Apparat.«

»Also: Ich heiße Eric-Emmanuel Schmitt, ich bin zwanzig, studiere Philosophie in der Rue d'Ulm und würde gern meinen Klavierunterricht fortsetzen.«

»Mit welchem Ziel? Um Karriere zu machen?«

»Nein, nur um gut spielen zu können.«

»Wie viel Zeit können Sie dafür aufbringen?«

»Eine Stunde am Tag. Anderthalb Stunden.«

»Sie werden niemals gut spielen!«

Es rauschte im Hörer. Hatte sie aufgelegt? Da ich eine derartige Ungehörigkeit nicht zu glauben wagte, wählte ich erneut die Nummer. Madame Pylinska hatte meinen Rückruf erwartet, denn sobald sie abgenommen hatte, schrie sie, ohne sich meiner Identität zu versichern, in den Hörer: »Was für eine himmelschreiende Überheblichkeit! Wird man etwa Primaballerina, indem man eine Stunde am Tag trainiert? Oder Arzt? Oder Architekt? Und Sie, Monsieur, sind Sie an Ihrer renommierten Schule angenommen worden, indem Sie eine Stunde am Tag studieren?«

»Nein …«

»Sie beleidigen die Pianisten, wenn Sie unter so erbärmlichen Umständen zu spielen beabsichtigen! Sie demütigen uns. Ich fühle mich persönlich herabgesetzt, geohrfeigt, gekränkt, weil ich, stellen Sie sich vor, seit vierzig Jahren sechs bis zehn Stunden am Tag übe und immer noch der Meinung bin, dass ich nicht gut spiele.«

»Verzeihen Sie meine Ungeschicklichkeit. Ich will nicht *gut* spielen, Madame, sondern nur *besser*. Ich werde nicht auf Chopin verzichten.«

Es gab eine Pause, ich hörte, wie sie zögerte. Milder gestimmt, murmelte Madame Pylinska: »Chopin?«

Ich spürte so etwas wie Wohlwollen und nutzte die Atempause.

»Ich habe Klavier gelernt, um Chopin zu spielen, aber ich schaffe es nicht. Die anderen Komponisten misshandele ich vielleicht, aber sie überleben es, wohingegen Chopin … Chopin … er leistet mir Widerstand.«

»Natürlich!«

Das Wort war ihr herausgerutscht, sie bedauerte es

bereits. Ich fuhr fort: »Das Klavier bietet mir eine Brille, die die Musik liest. Ich entziffere. Aber Chopin zieht mich an, und ich … ich spiele die Noten, ich realisiere die großen Linien, ich halte mich an das Tempo, aber …«

Ich hörte, wie sie blätterte.

»Samstag um elf bei mir. Würde Ihnen das passen?«

Auf der Schwelle ihrer Tür musterte mich Madame Pylinska, fünfzig, einen Seidenschal streng um ihren Kopf mit den klaren Gesichtszügen gebunden, vom Scheitel bis zur Sohle mit hochgezogenen Augenbrauen und zusammengekniffenem Mund, als würde etwas nicht stimmen mit mir.

»Zu kräftig«, sagte sie schließlich.

»Zu kräftig wofür?«

Sie holte achselzuckend eine Zigarettenspitze hervor, stützte ihren linken Ellbogen mit der rechten Hand und näherte das Mundstück ihren Lippen.

»Der Rauch stört Sie doch nicht?«

Ohne meine Antwort abzuwarten, ging sie in die Wohnung, überzeugt, dass ich ihr folgte.

Nachdem ich einen finsteren Flur durchquert hatte, der von drei Katzen versperrt wurde, die mich verächtlich ansahen, gelangte ich in das Musikzimmer, das mit zahlreichen niedrigen Tischen vollgestellt war, auf denen sich

Partituren türmten. Die Luft war geschwängert vom Geruch von Rosen und braunem Tabak.

»Legen Sie sich unter das Klavier.«

»Wie bitte?«

»Legen Sie sich unter das Klavier.«

Sie deutete auf den Perserteppich, der unter ihrem Pleyel-Flügel lag.

Da ich zögerte, fügte sie hinzu: »Fürchten Sie die Milben? So wie Sie gebaut sind, müssten eher diese sich in Acht nehmen …«

Ich ging in die Hocke, schob mich unter das Klavier und begann zu kriechen.

»Auf den Rücken!«

Ich streckte mich aus, das Gesicht dem Resonanzboden zugewandt.

»Mit ausgebreiteten Armen. Handflächen auf dem Boden.«

Ich gehorchte. Ein Kater mit rehbraunem Fell schlich sich ins Zimmer, sprang auf einen Puff, machte es sich darauf bequem und sah mich mit einem ironischen Blick an.

Madame Pylinska setzte sich vor die Tastatur.

»Konzentrieren Sie sich auf Ihre Haut. Ja, Ihre Haut. Ihre Haut überall. Machen Sie sie empfänglich. Chopin hat so angefangen. Er legte sich unter das Klavier seiner Mutter und spürte die Schwingungen. Die Musik ist zuallererst eine körperliche Erfahrung. Da die Geizigen nur mit den Ohren hören, zeigen Sie sich großzügig: Hören Sie mit Ihrem ganzen Körper.«

Sie spielte.

Wie recht sie hatte! Die Musik streifte mich, leckte mich, stach mich, knetete mich durch, walkte mich, rüttelte mich durch, hob mich hoch, betäubte mich, misshandelte mich, erschöpfte mich, wobei die Tiefen mich durchschüttelten, als ritte ich auf einer Kirchenglocke, und die Höhen auf mich herabregneten, kalte Tropfen, heiße Tropfen, lauwarme Tropfen, schwer oder leicht, in Strömen, in Schauern, in Strahlen, während die sämige Mitte meinen Oberkörper bedeckte wie ein beruhigendes Vlies, in das ich mich kuschelte.

Ich pfiff, ganz überwältigt.

»Bravo! Wunderbar! Sie haben eine großartige Technik.«

»Die Technik ist nie gut genug. Und wenn man endlich eine passable Technik entwickelt hat, hat man immer noch nichts erreicht. Jetzt Sie!«, befahl sie und deutete mit dem Zeigefinger auf die Tastatur.

Ich kroch unter dem Klavier hervor und zwang mich beunruhigt zu einem Scherz.

»Sie legen sich nicht unter das Klavier?«, fragte ich lächelnd.

»Ich weiß nicht, ob Sie es verdienen, dass ich mich hinlege …«

Ich begann den *Abschiedswalzer*, den ich tausendmal gespielt hatte.

»Halt!«, rief sie nach ein paar Sekunden und wedelte mit den Händen um ihren Kopf herum, um die Echos meines Tanzes zu verscheuchen. »Oh, was für eine Marter!«

Ich senkte das Kinn. Sie blickte mich entsetzt an.

»Auf welchem Klavier haben Sie in den vergangenen Jahren gearbeitet?«

»Einem Schiedmayer.«

»Einem was?«

»Einem geerbten Schiedmayer.«

»Kenn ich nicht ... Das klingt wie der Name einer Bulldogge ... was sich bewahrheitet, wenn Sie spielen, man hat den Eindruck, dass ... nein, ich ziehe es vor zu schweigen: christliche Nächstenliebe!«

»Wie bitte?«

Sie schüttelte den Kopf.

»Sie sind ein Intellektueller: Sie spielen Noten, keine Töne. Sie denken die Höhen und die Phrase, aber Sie vernachlässigen den Klang und die Farben.«

»Das heißt?«

»Sie verfügen über alle Voraussetzungen für Bach. Normal für einen Verstandesmenschen. Bach dachte die Musik unabhängig von den Klängen, weswegen man ihn auf unterschiedlichen Instrumenten spielen kann. Musikalische Mathematik. Bleibt das *Wohltemperierte Klavier* nicht meisterhafte Musik sowohl auf dem Cembalo als auch auf dem Klavier oder dem Akkordeon, ja sogar auf dem Xylofon? Bach, der Himalaja der Musik, herrschte über eine Klangwüste. Bach war am Ende seines Lebens blind, aber er hat von Anfang an komponiert wie ein Tauber.«

»Bach ein Tauber?«

»Der größte Taube auf Erden. Ein taubes Genie in Reinkultur. Sie müssen zugeben, dass Chopin ein vollständigerer Musiker als Bach ist: Er entwickelt den Klang ebenso wie die Melodie und die Harmonie.«

»Machen Sie Scherze? Er hat nur für das Klavier geschrieben.«

»Der Beweis, dass er ein umfassender Komponist war! Es klingt, wie er es gehört hat. Er kümmerte sich um alle Elemente, die die Musik ausmachen. Man wirft ihm vor, sich aufs Klavier beschränkt zu haben, das hat man ihm schon zu Lebzeiten vorgehalten, als man zu Reichtum und Ruhm mit der Oper oder dem Symphoniekonzert kam. Er hat sich dem widersetzt. Bewundern Sie seine Seelenstärke! Was für eine Weisheit! Ein Genie ist jemand, der schnell begreift, was er auf Erden vollbringen muss. Chopin hat sich vor den anderen erkannt; schon mit achtzehn hat er gegen die klugen Ratschläge rebelliert. Warum? Nicht weil er den finanziellen Erfolg verschmähte, sondern weil er sich weigerte, die Klangfarben zu vernachlässigen. Er ging mit den Klängen um wie Rembrandt mit den Farben auf seiner Palette. Bach war ein Zeichner, Chopin ein Maler.«

»Wenn ein Orchester Bach spielt, sprühen die Farben.«

»Bach bietet Bleistiftzeichnungen, die man kolorieren kann. Chopin nicht. Im Grunde hat seine Technik etwas Aquarellartiges. Alles verschwimmt auf einzigartige Weise, und die Undeutlichkeit der harmonischen Linien ähnelt den ineinanderfließenden Farben.«

Sie wurde puterrot, während sie imaginäre Feinde anfuhr: »Hört auf, ständig zu wiederholen, seine Inspiration hätte sich ›auf das Klavier beschränkt‹! Er hat das Klavier erfunden. Durch ihn ist das Klavier zu einer Welt geworden, einer sich selbst genügenden Welt, einer kontinentalen, ozeanischen, unermesslichen, unendlichen Welt.«

»Aber Beethoven …«

»Beethoven bediente sich des Klaviers, er diente ihm nicht. Er sah in ihm den besten Ersatz für das Orchester. Er benutzte das Klavier in Ermangelung von Alternativen, als Notbehelf.«

»Und Schubert?«

»Schubert widmete sich der Kammermusik. Er schrieb für ein Zimmerklavier, ein Pianino.«

»Sie sind wirklich unerbittlich!«

Sie verstummte, errötete, seufzte und murmelte bewegt: »Danke.«

Anstatt sie zu beleidigen, machte meine Bemerkung ihr große Freude.

»Ich halte mich, wenn ich so sagen darf, für eine gute Lehrerin aus genau dem Grund, den Sie ansprechen: Ich bin in der Tat unerbittlich.«

Ihre Lider flatterten, und sie wurde sich wieder meiner Anwesenheit bewusst.

»Wo wohnen Sie?«

»In der Rue d'Ulm, in der École normale supérieure.«

»In der Nähe des Jardin du Luxembourg?«

»Richtig.«

»Wunderbar! Das wird uns die Aufgabe erleichtern. Diese Woche werden Sie die Klaviere meiden und sich jeden Morgen in den Jardin du Luxembourg begeben, Sie werden auf dem Rasen in die Hocke gehen und lernen, die Blumen zu pflücken, ohne den Tau fallen zu lassen.«

»Wie bitte?«

»Achtung, die Tropfen müssen auf den Blüten oder den Blättern bleiben. Keine falschen Bewegungen! Haben Sie mich verstanden?«

»Äh ...«

»Mein Herr Philosoph, Sie drücken auf die Tasten wie ein Holzfäller. Ich will, dass Ihre Finger hingebungsvoll, feinfühlig, zivilisiert und selbstlos werden. Von diesem Augenblick an verlange ich von Ihnen eine körperliche wie geistige Feinfühligkeit.«

»Dann öffne ich also bis Samstag keinen Klavierdeckel mehr?«

»Genau! Sie werden keine Fortschritte machen, indem Sie Elfenbein zerbrechen. Und darf ich Ihnen noch eine zweite Übung empfehlen?«

»Ja.«

»Hören Sie die Stille.«

»Wie bitte?«

»Setzen Sie sich in Ihr Zimmer, atmen Sie ganz ruhig und lauschen Sie der Stille.«

»Warum?«

»Chopin schreibt mit der Stille: Seine Musik geht aus ihr hervor und kehrt in sie zurück; sie ist sogar aus ihr gewebt. Wenn Sie die Stille nicht zu genießen verstehen, werden Sie seine Musik nicht schätzen können.«

Sie begleitete mich zur Tür.

Bevor ich ging, fragte ich sie: »Wie viel schulde ich Ihnen?«

»Ich lasse mir die erste Stunde niemals bezahlen.«

»Warum nicht?«

»Weil sie nur ein Ziel hat: Sie zu entmutigen. Habe ich Sie entmutigt?«

»Ziemlich.«

»Perfekt. Sie werden mich ab der zweiten Stunde bezahlen.«

Ob man mir glaubt oder nicht, in dieser Woche gehorchte ich gewissenhaft der sonderbaren Polin. Ich kämpfte gegen meine morgendliche Trägheit an und fand mich um 7 Uhr 30 vor den Gittern des Jardin du Luxembourg ein, schwarze Speere gekrönt von goldenen Klingen, wo ich wartete, dass der Angestellte das hohe Portal öffnete; anschließend eilte ich zu den Blumenbeeten, wo am wenigsten Menschen waren, unter den Bäumen, wo ich mich, vor den Blicken geschützt, darin übte, die mit Wasserperlen geschmückten Gänseblümchen zu pflücken, ohne das vom Tagesanbruch abgelegte Geschenk zu verlieren. Anfangs schaffte ich es nicht und schimpfte, aber nach zahlreichen Versuchen gelang es mir, mich zu beruhigen, meine Finger der Atmung meines Körpers anzupassen und meine Handballen weich und zuverlässig zu machen. Am Freitag betrachtete ich jeden Tautropfen als ein in die Mulde eines Pflanzenbetts gekuscheltes Kind, dem ich eine bequemere Schlafposition schenkte.

Nach dieser Übung lauschte ich in meinem Studentenzimmer der Stille, die es in der Hauptstadt nicht gibt, was mich zwang, in den Keller hinunterzugehen, in die Tiefen der Schule, fern der Lärmbelästigungen, um feststellen zu müssen, dass, als die Welt endlich schwieg, nun mein Körper gesprächig wurde – Gurgeln, Pfeifen, Knacken, Atmen. Enttäuscht fürchtete ich, einem Schwindel aufzusitzen; doch ich stellte fest, dass meine Aufmerksamkeit sich schärfte und meine Finger an Präzision gewannen, während die Handgelenke und Ellbogen geschmeidiger wurden.

Kommen Sie herein, wir haben keine Minute zu verlieren«, erklärte Madame Pylinska, während sie ihre Tür einen Spalt öffnete. »Wenn Sie meine Anweisungen befolgt haben, kommen Sie als scharfe Granate zu mir.«

Wir gingen zum Klavier, ich setzte mich und legte meine Finger auf die Tasten.

»Spielen Sie!«

Ich wagte mich an ein Prélude, das 7. aus Opus 28.

Nach dem Schlussakkord zündete sich Madame Pylinska eine Zigarette an.

»Ich möchte mich nicht rühmen, aber es war fast erträglich.«

»Erstaunlich … Ich hätte nie gedacht, dass ich Fortschritte machen würde, indem ich mich vom Instrument fernhalte.«

»Sich vervollkommnen erfordert eine qualitative, keine quantitative Arbeit. Was nutzt es, ein Stück bis zum Überdruss zu wiederholen? Zehnmal schlecht? Hundertmal mit falschen Absichten und katastrophalen Reflexen? Da könnten Sie genauso gut Holz sägen.«

Sie setzte sich an meinen Platz und tätschelte liebevoll die Tastatur. Die rötliche Katze rieb sich an ihren Knöcheln.

»Die Tasten betrachten, mit ihnen sprechen wird Ihnen helfen.«

Sie spielte Akkorde, die den Kater glücklich schnurren ließen.

Ich protestierte. »Übertreiben Sie nicht! Ich muss mich immerhin auf die virtuosen Passagen vorbereiten.«

Ein nervöser Tick entstellte ihr Gesicht, und sie zuckte mit den Schultern.

»Was?«

Sie durchbohrte mich mit feindseligen Blicken.

»Was haben Sie gesagt? ›Virtuos‹?«

»Äh … ja.«

»›Virtuos‹, ich habe mich also nicht verhört.«

Sie verdrehte die Augen, räusperte sich, biss sich auf die Unterlippe und drehte den Kopf zur Seite; nur der Anstand hinderte sie daran auszuspucken.

»›Virtuos‹ … Wenn man Sie nach Jahren des Unterrichts bei mir einen ›Virtuosen‹ nennen würde, würde ich mich aufhängen!«

»Das ist kein Schimpfwort!«

»Ich lehre Sie, ein Künstler zu werden, nicht ein Narziss. Richten Sie das Licht auf die Musik, nicht auf sich. Oh, diese Virtuosen, die sich zwischen das Stück und das Publikum drängen, die knall ich mit dem Karabiner ab.«

»Zum Glück sind Waffen in Konzertsälen verboten!«

»Ganz recht«, blaffte sie. »Andernfalls würde ich mehr Tote als Stalin anhäufen.«

Besorgt begann sie, im Zimmer auf und ab zu gehen.

»Jeder an seinem Platz! Es gibt einen Ort für Virtuosen: den Zirkus. Sollen sie sich gefälligst dort produzieren und dort bleiben! Im Zirkuszelt betont der Akrobat die

Gefahr, damit das Publikum in helle Begeisterung gerät. Ein Trapezkünstler verpatzt bewusst den einfachen Salto, damit der komplexe Salto bejubelt wird. Ohne Anstrengung zu triumphieren verkleinert den Triumph. Sehen Sie sich die Tenöre in den Opernarenen an: Sie zeigen, was für eine Meisterleistung das hohe C ist. Selbst wenn sie ihrer Stimme vertrauen, signalisieren sie doch durch ihre Mimik, dass sie sich gleich in die gefährliche Höhe wagen werden. Pavarotti übertrifft alle anderen in dieser Komödie: Während er die hohen Cs so leicht schmettert, wie er Austern schlürft, vermittelt er den Eindruck, er könnte sie verpatzen, und tut dann so, als sei er überrascht, dass sie ihm doch gelungen sind, und freut sich mit der Menge über seine Leistung. Was für eine Farce! Außerdem … nein, ich ziehe es vor zu schweigen: christliche Nächstenliebe!«

»Trotzdem strahlen Pavarottis hohe Cs!«

»Dieser Clown liebt die Bravorufe. Chopin waren die Ovationen egal, er improvisierte, um uns irgendwo hinzuführen. Pavarotti führt uns zu sich, Chopin führt uns woanders hin.«

»Wohin?«

Sie deutete mit dem Kinn auf mich.

»Lieben Sie Liszt?«

»Ich … ich weiß nicht.«

»Ausgezeichnete Antwort. Wenn es Zirkusinterpreten gibt, gibt es auch Zirkuskomponisten. Liszt zum Beispiel.«

»Ich finde Sie grausam. Liszt und Chopin haben sich in jungen Jahren kennengelernt, und obwohl das Publikum ihre Rivalität angestachelt hat, haben sie eine echte Freundschaft entwickelt. Liszt hat Chopin verehrt, hat ihn unterstützt, hat seine Musik in Europa, in Russland verbreitet, zu seinen Lebzeiten ebenso wie nach seinem Tod. Er hat sogar ein Buch über ihn geschrieben. Liszt hat viel für Chopin getan, mehr als Chopin für Liszt.«

»Das Beste, was Liszt für Chopin getan hat, ist, dass er das Werk von Liszt geschrieben hat.«

»Oh, was für eine Perfidie!«

»Nein, ich spreche ohne Bosheit. Das Werk von Liszt lehrt uns viel über das Werk von Chopin. Diese beiden Genies erhellen sich gegenseitig.«

Sie stürzte sich auf die Tastatur und spielte ein paar Takte der *Rhapsodie Nr. 2* von Liszt.

»Liszt spielte mit offenem Klavier, während Chopin mit geschlossenem Klavier spielte. Das sagt alles: Liszt wollte aus ihm hinaus, Chopin hinein. Liszt brillierte vom Resonanzkörper aus, Chopin spürte den Schönheiten nach, die er enthält.«

Sie presste ihr Ohr an den Resonanzboden.

»Liszt schnaubt, Chopin hört zu. Bei Chopin hört das Klavier dem Klavier, seinen Klangfarben, seinen Akkorden, seinen Gesängen, seinen Unvorhersehbarkeiten, seinen Harmonien, seinen Resonanzen zu; Chopin sucht die Poesie des Klaviers und schließt sich in sie ein. Liszt sucht ein Sprungbrett auf dem Klavier und bricht aus ihm aus; er transzendiert das Klavier, lässt es explodieren, verwandelt es in ein Orchester mit vielfältigen Instrumentalisten, sodass man den Eindruck hat, dass mehrere Personen beteiligt sind. Bei Liszt behauptet das Klavier seine Souveränität, aber es ist nicht mehr Klavier, es verwandelt sich in einen fliegenden Teppich, um die Welt, ihre Bäche, ihre Seen, ihre Gewitter, ihre Morgenröten, ihre Glockentäler, ihre Wasserspiele, ihre Wälder zu besuchen; während bei Chopin das Klavier eine autonome, vollständige Welt bildet, ohne Türen und Fenster, das sensible, noble, folgsame Instrument, das ihm genügt, um alles Seelische auszudrücken.«

Sie atmete ein.

»Liszt verblüfft. Chopin bezaubert. Seine Virtuosität entschuldigt sich, sobald sie erscheint, fast für ihr Auftreten und verschwindet sofort wieder. Bei Liszt bildet das Verharren in der Virtuosität das Spektakel; sie ist nicht mehr Mittel, sondern erhebt sich zum Zweck: Er will uns den Atem rauben, seine Werke schielen nach dem Beifall, während Chopin die Möglichkeiten des Klaviers erforscht, über die Klangfarben staunt, die er in ihm entdeckt, und mit ihnen experimentiert. Liszt überwältigt die Zuhörer, während Chopin sich Fragen stellt. Liszt ist staunenswert, Chopin staunt.«

Sie schlug majestätische Lisztsche Akkorde an.

»Liszt besitzt seine Gedanken bereits und offenbart sie

uns, während Chopin sie unterwegs in der Entfaltung seiner Mittel entdeckt. Liszt ist ein Gott, der uns seine Macht vorführt, Chopin ein gefallener Engel, der versucht, den Himmelspfad zu finden.«

Madame Pylinska klappte den Klavierdeckel zu.

»Stunde beendet!«

Sie hatte das verkündet, ohne auf ihre Armbanduhr oder eine Uhr im Wohnzimmer zu blicken.

Ich reichte ihr die Scheine, die sie stumm einsteckte, und dann wies sie mir mit der Hand den Weg zur Wohnungstür. Als wir durch den Flur gingen, weckten wir zwei Katzen, die entrüstet fauchten.

»Sagen Sie, Herr Philosoph, gibt es im Jardin du Luxembourg Teiche?«

»Ja.«

»Das ist eine sehr fruchtbare Nachbarschaft für einen angehenden Musiker.«

Sie entriegelte die Tür.

»Ich schlage Ihnen daher vor, einen weiteren Schritt zu machen. Sie werden ein wenig Geld ausgeben müssen. Ist das möglich?«

»Ich hoffe es«, erwiderte ich und überlegte, welche Summe ich für den Kauf von Partituren opfern könnte.

»Fantastisch! Kaufen Sie Samenkörner.«

»Samenkörner?«

»Besser Granulat. Oder Flocken.«

»Flocken?«

»Diejenigen, mit denen man Karpfen füttert. Sie werden in grünen Schachteln verkauft.«

»Was? Sie wollen, dass ich mich von Körnern ernähre?«

Sie sah mich konsterniert an.

»Natürlich nicht. Das ist viel zu salzig.«

»Wollen Sie, dass ich die Karpfen im Jardin du Luxembourg füttere?«

»Wie abscheulich! Ich hasse diese weichen, schlammigen, schleimigen Tiere mit ihrem obszönen Mund. Wovon mag Gott geträumt haben, als er die Karpfen erschuf … nein, ich will es gar nicht wissen: christliche Nächstenliebe!«

Sie kratzte sich entsetzt am Kopf.

Ich bohrte nach: »Madame Pylinska, ich verstehe nicht.«

»Begeben Sie sich in den Jardin du Luxembourg und machen Sie Kreise im Wasser: Sie werden die Resonanz kennenlernen. Betrachten Sie die glatte, unbewegte Wasserfläche, und dann werfen Sie eine Flocke: Das Wasser wird sich trüben. Studieren Sie den Aufprall, die Folgen, die Zeit, die die Kreise brauchen, um sich zu bilden, sich auszubreiten, zu verschwinden. Forcieren Sie nichts. Beobachten Sie. Sie werden das nächsten Samstag brauchen, um einen Bass zu setzen, ihn anwachsen und ersterben zu lassen oder um die Melodie über einer unbestimmten Harmonie zu spielen. Lernen Sie, flüssig zu werden.«

»Flüssig?«

Sie runzelte die Stirn.

»Flüssig, ja, ich nehme an, so sagt man. Flüssig … Der Welle folgen, den Raum zwischen den Tönen erfassen, ohne ihn festzuhalten, sich dem überlassen, was geschieht, seine Verfügbarkeit erweitern. Flüssig … Haben Sie Probleme mit meinem Französisch?«

Missmutig schloss sie die Tür.

In dieser Woche erhielt ich, während ich *die Kreise im Wasser* den *Tau*- und *Stille*-Übungen hinzufügte, eine Nachricht, die mich sehr freute: Tante Aimée, die musikalische Fee meiner Kindheit, teilte mir mit, dass sie nach Paris käme und sich freuen würde, mich zu sehen.

Was für ein Geschenk des Himmels! Aimée außerhalb der anstrengenden Familiengelage, Aimée losgelöst von den säuerlichen und schnurrbärtigen Urgroßtanten, Aimée befreit von den Kindern mit ihren dummen Spielen, Aimée fern der Saufereien oder Magenverstimmungen, Aimée ganz für mich.

Ich liebte diese einzigartige Frau. Nie verheiratet, ohne Ehemann und ohne Kinder, war sie das Gegenteil einer alten Jungfer. Bezaubernd, kokett, gebildet, schnell verliebt, hatte sie das Leben in den Armen der Männer verbracht, wie eine Tänzerin, die auf dem Ball die Kavaliere schwindlig macht. Zu den Familienfesten kam sie allein, was meine Großmutter sehr schätzte, denn, wie sie erinnerte, man kann sich nicht mehr männliche Vornamen merken als der Kalender. Ebendiese Großmutter, eine enge Freundin Aimées in ihrer Jugend, versäumte keine Gelegenheit, sie herunterzumachen, indem sie sie »Närrin« an guten Tagen und an schlechten »Flittchen« nannte, zum Schreien eifersüchtig, wenn sie Aimée und mich bei einer Unterhaltung ertappte: »Erzähl nicht dein Leben, Aimée Buffavand, das ist kein Vorbild für die Jugend.« In Wirklichkeit hatte Aimée mir nicht ein intimes Detail verraten, wir hatten über tausend Dinge gesprochen, und wenn das Gespräch sich ihren Liebschaften näherte, die in der Familie kolportiert wurden, fantasierte sie kurz irgendetwas zusammen. Ihr Takt gefiel mir umso mehr, als er mir Raum ließ, mir das, was ich nicht wusste, in meiner Fantasie auszumalen.

Ich schlachtete mein Sparschwein, um sie ins Balzar einzuladen, eine Art-déco-Brasserie neben der Sorbonne, die ihrer würdig war. Unter den Kugelleuchten aus Opalglas, die die dunklen Holztäfelungen tonten, auf einer Moleskinbank sitzend, umgeben von Obern mit weißer Schürze, die von Tisch zu Tisch eilten, plauderten wir und würzten unser Tête-à-Tête mit Anekdoten, selig, verzückt, fast verliebt ineinander trotz der vierzig Jahre, die uns trennten. Ich gestand ihr, dass sie an meinem neunten Geburtstag eine abgöttische Liebe für das Klavier in mir geweckt hatte, und dann erfreute ich sie mit dem Porträt der unglaublichen Madame Pylinska.

Beim Dessert umschattete Traurigkeit ihr Lächeln.

»Fahren wir nach Cabourg«, murmelte sie.

»Wann?«

»Samstag, nach deinem Unterricht. Ich kümmere mich um alles, Taxis, Zugkarten, zwei Hotelzimmer. Wir kommen Montag zurück.«

»Warum Cabourg?«

»Natürlich Cabourg«, erwiderte sie nachdenklich, so wie sie elf Jahre zuvor »Natürlich Chopin« geantwortet hatte.

Das genügte, um mich zu überzeugen.

Am Samstag öffnete Madame Pylinska mir die Tür, mit unkontrollierten Bewegungen, betrübter Miene und schiefem Turban, und verkündete: »Alfred Cortot ist tot.«

»Wie bitte?«

Sie unterdrückte einen Schluchzer und wiederholte in tragischem Ton, den Boden anstarrend: »Alfred Cortot ist tot. Sein Herz hat versagt.«

Panik ergriff mich: Madame Pylinska verlor den Verstand. Der berühmte Chopininterpret Alfred Cortot hatte diese Welt vor zwanzig Jahren verlassen. Wie konnte es sein, dass sie es erst heute erfahren hatte, sie, die ihr Leben dem Klavier gewidmet hatte?

»Er war fünfzehn«, präzisierte sie.

»Fünfzehn?«

»Rachmaninow hatte ich zweiundzwanzig Jahre behalten können!«

Sie deutete auf zwei Katzen im Flur hinter ihr.

»Rubinstein und Horowitz suchen ihn überall. Ich habe ihn dem Tierarzt übergeben, der ihn mir in einer Urne zurückbringen wird. Armer Alfred Cortot … Kommen Sie doch herein!«

Während ich die beiden Katzen betrachtete, kam ich zu dem Schluss, dass Alfred Cortot der Name des dritten Katers war, des rotbraunen, der sich während des Unterrichts immer auf dem Puff neben dem Stutzflügel zusammengerollt hatte.

Nachdem sie ein paar Sekunden in ihrem Schlafzimmer geblieben war, kam Madame Pylinska ins Wohnzimmer; der granatfarbene Turban saß wieder gerade, sie hatte sich eine Zigarette angezündet und fragte in entschiedenem Ton, als hätte es die vorhergehende Szene nicht gegeben: »Haben Sie George Sand gelesen?«

»Ein wenig.«

»Bemerkenswerte Frau, George Sand! Sie hätte es gern in der Musik zu etwas gebracht, sie hat sich die Zähne daran ausgebissen, sie brachte nur Bücher zustande, die Unglückliche. Aus Trotz half sie Chopin, wie eine windgeschützte Mohnblume zu erblühen. Eine Frau von großer Bedeutung, George Sand. Als Chopin bei ihr in Nohant wohnte, hatte er keine materiellen Probleme, er gab das Unterrichten auf und widmete sich dem Komponieren auf dem Pleyel, den sie ihm geschenkt hatte. Während ihrer Verbindung hat er all seine Meisterwerke komponiert und gedrechselt. Eine sehr nützliche Frau, George Sand!«

»Sie schockieren mich.«

»Ich?«

»Sie reduzieren die Frau auf ihre Rolle für den Mann.«

»Es ist mir völlig egal, ob George Sand eine Frau, ein Mann oder ein Pottwal ist! Für mich zählt nur das Genie.«

Sie betrachtete Chopins Porträt, und mir schien, als bekreuzigte sie sich verstohlen. Sie lachte.

»Als Chopin Sand zum ersten Mal gesehen hat, sagte er: ›Ist das eine Frau?‹ Als Sand Chopin zum ersten Mal gesehen hat, sagte sie: ›Wer ist dieses junge Mädchen?‹ Was für eine Geschichte!«

»Das waren aber keine guten Voraussetzungen«, rief ich.

Sie sah mich streng an.

»Doch, ganz im Gegenteil. Wenn Sie mit einer Frau schlafen, die Ihrem Typ entspricht, dem Typ, auf den Sie stehen, schlafen Sie mit dem Typ, nicht mit der Frau. Das bleibt oberflächlich, rein körperlich, eine andere wird sie ersetzen. Sand verkörperte nicht Chopins Typ und

Chopin nicht Sands Typ. Es musste also zwischen ihnen funktionieren! Und weit führen.«

Sie schlug ein paar Akkorde an.

»Man liebt nur dann wirklich, wenn man nicht verliebt ist.«

Den Kopf schüttelnd, um ihre Erinnerungen zu verscheuchen, öffnete sie einen Band, der auf dem Flügel lag.

»In der *Geschichte meines Lebens* beschreibt George Sand ihre Flitterwochen, einen Aufenthalt auf Mallorca. Chopin komponierte damals die *Préludes*, und sie enthüllt uns, was er in ihnen beschrieb. Sehr aufschlussreich. So etwa die Nacht, in der nach einem sintflutartigen Regen das Wasser in der Dachrinne rauschte.«

Sie spielte den Anfang des *Prélude* 15.

»Und dann der Tag, an dem ein Pilgerzug an ihrem Fenster vorbeizog …«

Sie spielte den Anfang des *Prélude* 9.

»Und dann der Tag, an dem sie gemeinsam die Schmetterlinge auf den Feldern jagten …«

Sie spielte den Anfang des *Prélude* 10.

»Und dann das Wimmern der Krokodile, die sich im Tümpel unterhalb ihrer Wohnung in Valldemossa angesiedelt hatten.«

Sie spielte den Anfang des *Prélude* 2.

Ich unterbrach sie.

»Madame Pylinska, gibt es denn Krokodile auf den Balearen?«

Sie stand wutentbrannt auf.

»Nein! Es hat nie welche gegeben!«

»George Sand erzählt Unsinn.«

»Ich auch! Die Geschichte mit dem Regen ist von ihr, den Rest habe ich erfunden. Haben Sie das etwa geglaubt?«

»Bis auf die Krokodile.«

»Elender Regenwurm, Sie krauchen am Boden wie George Sand. Erbarmen, mein Gott, Erbarmen! Chopin dem dummen Publikum zum Fraß vorgeworfen durch das Geschwätz dieser Schreiberin! Was für eine Idiotin! Eine richtige Vollidiotin … eine … nein, ich ziehe es vor zu schweigen: christliche Nächstenliebe!«

»Aber Sie haben doch gerade noch behauptet, dass George Sand …«

»Sie führt alles auf das zurück, was sie kennt, die Realität, die dürftige Realität, die sie in ihren Büchern niederschreibt. Sie ist nur eine Schriftstellerin, die Arme, eine Romanautorin, kurz, eine Sklavin der Realität. Chopin dagegen ist Musiker; er benutzt keine Worte, weil er etwas anderes zu sagen hat als das, was die Worte sagen.«

Sie kramte in den Partituren.

»Wie nennt er seine Werke? Nicht *Trauer*, wie ein Idiot von britischem Verleger gedruckt hat, sondern *Etüde opus 10 Nr. 3*. Nicht *Der Abschied*, sondern *Walzer opus 60 Nr. 1*. Nicht *Der Wassertropfen*, sondern *Prélude opus 28 Nr. 15*. Nicht *Der kleine Hund*, sondern *Walzer opus 64 Nr. 1*. Sie haben *Die*

Krokodile im Tümpel abgelehnt, weil es auf den Balearen nicht ein Krokodil gibt, also muss man auch die Wassertropfen, die Prozession und die Schmetterlinge ächten! Chopin beschreibt nicht, evoziert nicht, berichtet nicht. Eigentlich hätte Liszt mit George Sand leben müssen, Liszt, der Programmmusiken komponiert hat, Musik, die Gedichte illustriert, *Les jeux d'eau à la villa d'Este* darstellt oder so etwas wie *Souvenir, Rédemption, Consolation* suggeriert. Chopin geht nicht von etwas bereits Bestehendem aus, er erschafft! Seiner Musik geht kein geistiges Bild voraus. Die Musik zwingt dem Geist seine Realität auf. Sie bleibt rein. Sie drückt Gefühle nicht aus, sondern löst sie aus.«

Sie hielt die Partituren hoch.

»Seine fast mathematischen Titel erweisen sich als ehrlicher und geheimnisvoller: Sie benennen die Emotionen nicht, diese entstehen aus der Musik. Wenn die Musik erzählt, wozu braucht man sie dann? Indem sie das Unsagbare ausdrückt, sagt sie nur das, was noch nie irgendwo gesagt worden ist.«

Nachdem sie die erste Ballade beendet hatte, rieb sie sich die Hände und die Wangen und blickte mich lächelnd an. »Ich habe mir den Wetterbericht angesehen: Sie haben Glück!«

»Wie bitte?«

»Es soll eine stürmische Woche werden. Alle Arten von Wind, in allen Stärken.«

»Und?«

»Ein ideales Wetter für Chopin! Kehren Sie in den Jardin du Luxembourg zurück, setzen Sie sich auf einen Stuhl – ja, ja, ich gestatte es Ihnen, sich zu setzen – und beobachten Sie genau die Wirkungen des Windes in den Bäumen.«

»Was soll ich genau beobachten?«

»Die Unabhängigkeit der Blätter und Zweige vom Stamm.«

»Warum?«

»Beobachten Sie. Lassen Sie es auf sich wirken. Ich werde es Ihnen später erklären. Ach, ein wichtiges Detail: Richten Sie den Blick auf die jungen, ja sogar die ganz jungen Bäume, nicht auf die hundertjährigen. Einverstanden?«

Sie bedeutete mir, dass die Stunde vorbei sei. Als ich ihr die Scheine gab, erlaubte ich mir eine Bemerkung.

»Madame Pylinska, ist Ihnen bewusst, dass Sie mich heute nicht haben spielen lassen?«

»Natürlich.«

»Nicht ein einziges Mal?«

»Natürlich.«

»Und dass Sie mir seit Wochen verbieten, eine Tastatur anzurühren?«

»Natürlich.«

»Glauben Sie ernsthaft, dass ich Fortschritte auf dem Klavier machen werde, wenn ich mich von den Klavieren fernhalte?«

»Wenn es ausreichen würde, stundenlang Klavier zu üben, um Pianist zu werden, wüsste man das, oder?«

Wie gewöhnlich hatte sie ihre Überzeugung mit einer Selbstsicherheit geäußert, die keinen Widerspruch duldete, und ich argumentierte nicht weiter. Auf der Schwelle stammelte ich: »Mein Beileid. Alfred Cortot war eine … liebe Katze.«

»Er liebte die Musik so sehr!«

Tränen strömten so unvermutet über ihr Gesicht, dass sie verdutzt »Danke« stotterte und die Tür vor ihrem Kummer verriegelte.

Unter dem grauen und ruhigen Himmel, über den träge Möwen flogen, gingen Aimée und ich Arm in Arm an der Küste entlang. Das Mittelmeer gewohnt, betrachtete ich argwöhnisch den Ärmelkanal, sein perlmuttschimmerndes Licht, seine ständigen Winde, seinen hellen Sand, sein unreines, von Wolken glasiertes Blau, seine austernfarbenen Fluten, seine grenzenlosen Ausblicke, Wellen aus Dünen, Wellen aus Salzwasser.

»Das Mittelmeer ist ein Meer für Kinder, der Ärmelkanal ein Meer für Erwachsene«, resümierte Aimée.

Ich fühlte mich in der Tat alt, melancholisch. Wonach sehnte ich mich, da ich Cabourg vorher nicht gekannt hatte? Vielleicht nach einer prunkvollen Vergangenheit, von der die Steinhäuser Zeugnis ablegten. Vielleicht nach Marcel Proust, der Cabourg, indem er es in der *Suche nach der verlorenen Zeit* in Balbec verwandelt hatte, zur unvergesslichen Bühne seiner Leidenschaften gemacht hatte. Oder saugte ich mich wie ein Löschblatt mit den Erinnerungen meiner Tante voll?

»Ich habe hier sehr geliebt. Ich glaube sogar, dass ich *hier* das Glück kennengelernt habe, das vollkommene Glück.«

Ich brach in schallendes Gelächter aus. In meinen Augen hatte Aimée, die Verliebte, die »Närrin« oder das »Flittchen«, wie meine Großmutter sie nannte, in ihrem Leben keine Gelegenheit zum Glücklichsein ausgelassen. Wovon sprach sie?

Sie drückte meinen Arm und erzählte. In Cabourg war sie vor langer Zeit Roger begegnet, der einzigen Liebe ihres Lebens. Für beide war es Liebe auf den ersten Blick gewesen. Nachdem sie sich drei Abende gewehrt hatte, hatte sie sich an die Brust dieses attraktiven, sportlichen, zärtlichen kaufmännischen Angestellten geschmiegt, der wie sie aus Lyon kam. Sie hatten den Sommer in Cabourg verbracht, einen kurzen Sommer, sinnlich, feurig, glühend, leidenschaftlich, schmachtend, ein Sommer, der so intensiv und vollkommen gewesen war, dass er den Rest ihres Lebens mit seinem Licht erhellen sollte. Roger, der verheiratet war, hatte ihr geschworen, sich von seiner Frau zu trennen. Im September war Aimée nach Lyon zurückgekehrt, wo sie einem Notar zur Hand ging, und Roger in die eheliche Wohnung, die seine Frau, beruflich unterwegs, für zwei Monate verlassen hatte. Ihre Liaison wurde heimlich fortgeführt, aber Roger versicherte Aimée, dass er sich für sie freimachen würde. Seine Frau wurde krank; aus Anstand verschob Roger die Trennung, um sie zu pflegen. Und als sie wieder gesund war, wurde sie schwanger; erneut rechtfertigte Roger sein Zögern Aimée gegenüber auf jämmerliche Weise, indem er vorgab, er wolle sich nicht wie ein Dreckskerl benehmen.

»Er hat sich dir gegenüber also schlecht benommen.«

»Ja.«

»Und du hast es akzeptiert?«

»Natürlich.«

»Warum?«

»Ich kann keine Kinder bekommen, Eric, der Arzt hatte es mir gerade erst gesagt. Und ich wollte es Roger nicht gestehen. Stell dir das vor! Unfähig, dem Mann, den ich liebe, eine Familie zu schenken. Da war es schon besser, dass er seine anderswo gründete.«

Aimée hatte sich damit abgefunden, sich bis zu ihrem letzten Tag mit der Rolle der Geliebten zu begnügen. Sie tolerierte daher Rogers Doppelleben, feierte mit ihm die Geburt des ersten Sohnes, des zweiten und dann der kleinen Tochter, die fünfzehn Jahre später nachkam. Für Aimée folgte eine Trauer der nächsten, doch sie nannte diese Farandole »Glück« – Trauer über die ausschließliche

Liebe, Trauer über die immer wieder verschobene Ehe, Trauer über die Ferien oder Wochenenden, die Roger der Familie widmete, Trauer über die eigenen Kinder. Jahrzehntelang hatte sie sich an die Versprechungen eines Mannes geklammert, der sie nie gehalten hatte. Manchmal beklagte Roger sich, gequält von Aimées so rücksichtsvollem Opfer, dass sie ihn nicht hartnäckiger bedrängte, seine Ehe aufzugeben, und behauptete, sie würde ihn nicht mehr lieben; sie bewies es ihm daraufhin, und ihre verborgene Liebe blühte gestärkt von Neuem auf.

»Deswegen habe ich diese Geschichten zahlreicher Verlobter erfunden, die die Familie und besonders deine Großmutter aufgebauscht haben. Diese Legende schützte Roger; und sie schützte auch mich. Ein schlechter Ruf ist eine ideale Rüstung für jeden, der unauffällig bleiben will.«

Aimée hatte nur einen Mann gekannt, Roger, und hatte ihr ganzes Leben auf ihn gewartet und sich mit den Krümeln begnügt, die seine Frau ihr gelassen hatte. Sie saß reglos da und wandte ihr Gesicht meinem zu.

»Verstehst du jetzt besser, mein Eric, warum Chopin?«

Sie blickte mich so hoffnungsvoll an, dass ich nicht den Mut hatte, ihren Optimismus zu enttäuschen, und nickte.

»Natürlich Chopin …«

Es schien sie glücklich zu machen, dass wir gleicher Meinung waren. Ich ließ mir nicht anmerken, dass ich mich schämte, sie getäuscht zu haben. Chopin … Warum

Chopin? Was hatte er in diesem Leben zu suchen? Ich begriff nicht …

Wir kehrten langsam zum Grandhotel zurück, ohne ein Wort zu sprechen. Wir hätten uns nicht ins Gesicht blicken dürfen, denn vorher hatten wir geredet, weil der Spaziergang uns zwar einander nähergebracht, unsere Blicke aber abgelenkt hatte zum Himmel, zum Sand, zum Meer, diesen Fernen, die jedes Schamgefühl verschwinden lassen; seit wir uns so nahegekommen waren, spürten wir umso intensiver die Gegenwart des anderen.

Als wir die Stufen zur Terrasse hinaufgingen, fragte ich verwundert: »Aimée, warum hast du mir das erzählt?«

Ihre Finger umklammerten meinen Arm.

»Roger ist letzten Monat gestorben. Ich wollte, dass jemand die Wahrheit kennt, meine, seine. Hast du vorhin auf dem Sand die Zeichnung des Kindes gesehen, die zwei Bewegungen der Wellen ausgelöscht haben? Ich möchte, dass meine Geschichte nicht in der Gischt zerrinnt, dass sie ein wenig in einer Erinnerung weiterlebt, in deiner.«

Zurück in Paris, ging ich jeden Tag in den Jardin du Luxembourg, um die Bäume oder vielmehr, wie Madame Pylinska von mir verlangt hatte, das Spiel des Windes in den Blättern zu beobachten. Die Übung ermüdete mich,

zumal mein Geist wiederkäute, was Aimée, die nach Lyon zurückgekehrt war, mir anvertraut hatte.

Als ich am Samstag an Madame Pylinskas Tür läutete, öffnete sie mir und fragte mich sofort in gestrengem Ton: »Sind Sie Polytheist, Monsieur?

»Wie bitte?«

»Ich bin Monotheist. Ich liebe nur einen Komponisten: Chopin. Ich bin überzeugt, dass ich nur auf die Erde geschickt worden bin, um Chopin zu spielen und zu hören.«

Ich ging in den dunklen Flur.

»Ich nehme an, dass ich Polytheist bin, Madame Pylinska. Ich verehre mehrere Götter: Bach, Mozart …«

Sie senkte großmütig die Lider.

»Ich dulde diese Abweichung: Chopin vergötterte Bach und Mozart.«

Ohne zu bemerken, dass meine Worte ihr missfielen, setzte ich meine Aufzählung fort: »Schumann …«

»Einverstanden! Er hat Chopins Genie erkannt.«

»Schubert. Debussy. Ravel …«

»Debussy und Ravel verdanken Chopin enorm viel, das haben sie immer wieder betont. Und weiter?«

Sie zwang sich verkrampft zu einem Wohlwollen, das ihr schwerfiel. Nicht dass es andere Komponisten gab, war ihr unerträglich, sondern dass man sie für ebenso gut wie Chopin halten konnte.

»Das wär's«, log ich.

Sie seufzte erleichtert und setzte sich ans Klavier.

»Arbeiten wir an diesem Prélude. Ich spiele es Ihnen erst einmal vor, dann überlasse ich Ihnen den Platz.«

Während Madame Pylinska die Tasten drückte, seilte sich eine Spinne von der Decke ab. An ihrem Faden hängend, bremste sie ihren Abstieg fünfzig Zentimeter über den Saiten und stabilisierte sich. Worauf lauerte sie? Was für eine Beute hatte sie entdeckt? Das ganze Stück über blieb sie da hängen, bewegte nur ab und zu ihre grazilen Jungmädchenschenkel.

Ich wollte Madame Pylinska auf sie aufmerksam machen, doch diese befahl, nachdem sie das Stück beendet hatte, keinen Widerspruch duldend: »Jetzt Sie.«

Ich nahm ihren Platz am Klavier ein. Nachdem ich eine Linie gespielt hatte, rief sie: »Halt! Ich höre die Taktstriche. *Rubato! Rubato!*«

Ich bemühte mich, sie zufriedenzustellen, indem ich das Rubato praktizierte, diese rhythmische Freiheit, die die Romantiker im Unterschied zu den Klassikern verlangen. Ich mied daher die betonten Taktteile, vermied es, den Takt zu markieren, und mühte mich ab, nicht starr, regelmäßig und nach dem Metronom zu spielen. Dieses *tempo rubato*, dieses geraubte Zeitmaß, war ein kleiner Diebstahl, eine Art, dem folgenden Ton etwas von seiner Dauer zu rauben, indem man etwas schneller oder langsamer spielt.

»Halt! Ich sagte *rubato*, nicht Schlingern.«

Ich begann von vorn.

»Halt! Sie bringen mich ins Zweifeln. Dabei war das Wetter in dieser Woche doch günstig für das *Rubato*? Es war doch windig?«

»Ja, wo ist der Zusammenhang?«

»Die linke Hand stellt den Baumstamm dar, robust, stabil, unerschütterlich, während in der Höhe das Laub der Melodie in der rechten Hand zittert. Machen Sie Ihre Hände unabhängig voneinander, sie leben nicht im selben Rhythmus, wie die Rinde und das Astwerk. Hindern Sie sie daran, langsamer zu werden oder zu beschleunigen, lösen Sie sie voneinander. Ziehen Sie die Lehre aus dem, was Sie im Jardin du Luxembourg beobachtet haben!«

Mit dem besten Willen der Welt bemühte ich mich, ihr zu gehorchen, aber es gelang mir nicht, mir etwas vorzumachen.

Madame Pylinska kam zu dem Schluss: »Zu viel Kraft, zu viele Muskeln, zu viel Energie. Ich träume Sie mir weicher, geschmeidiger, plastischer.«

Sie kratzte sich am Haarknoten.

»Kommen Sie das nächste Mal, nachdem Sie Sex gehabt haben.«

»Wie bitte?«

»Sie haben mich schon verstanden, denn Sie sind zwar steif, aber nicht taub. Ich will Sie entspannt. Kommen Sie nach dem Sex.«

Wie vor den Kopf gestoßen, reichte ich ihr wortlos

meine Scheine. Als sie mich zur Wohnungstür begleitete, bemerkte sie meine Verlegenheit und gab mir eine Erklärung.

»In Polen hatte ich eine Freundin wie Sie. Magdalena, eine Sängerin, lyrischer Sopran, ideal für Mimi, Liu, Butterfly, Marguerite oder Manon. Breitschultrig, sah sie aus wie eine Speerwerferin, nun ja, aber mit einem fähigen Kostümbildner … Stellen Sie sich vor, dass Magdalena keinerlei Mühe mit ihren hohen Tönen hatte, wenn sie vorher Sex gehabt hatte. Ja! Unter dieser Voraussetzung hatten ihre hohen Bs etwas Göttliches, voll, rund, strahlend. Ohne das klangen sie wie das Pfeifen einer Lokomotive.«

»Und?«

»Bogdan, ihr Mann, begleitete sie daher zu allen Vorstellungen und heizte ihren Höhen in ihrer Garderobe ein. Sie bekam immer mehr Verträge: Warschau, Posen, Breslau, Wien, Berlin … Die Theater rissen sich um sie, und Bogdan gab seinen Beruf als Automechaniker auf, um sich ganz ihr zu widmen. Leider fing sie an, Wagner zu singen, und Bogdan verlor seine Haare.«

»Was hat das eine mit dem anderen zu tun?«

»Wagner, Opern, die stundenlang Dezibel speien, mit infernalischen Unterbrechungen zwischen den Bildern … Damit seine Frau durchhält, war Bogdan gezwungen, in jeder Pause nachzulegen. Testosteronexzess. Zu viel Sex beschleunigt die Kahlköpfigkeit. Und dann hat sie für die

Tetralogie unterschrieben, und das hat Bogdan den Rest gegeben. Herzinfarkt. Schlaganfall. Rollstuhl. Vorhang!« Sie murmelte: »Sehr schlecht für die Gesundheit, Wagner! Ein Komponist für Herzinfarkt und Krampfadern.«

»Krampfadern?«

»Die Sängerin steht vier Stunden auf der Bühne, mit flachen Sandalen und in einer fünfzehn Kilo schweren Rüstung, mit einem Schild und einer Lanze in der Hand: überaus gefährlich für den Kreislauf! Wenn Bogdan nicht schlappgemacht hätte, hätten Magdas Beine in der *Walküre* nicht mehr mitgemacht ... Magda hat ihre Karriere beendet mit dem Argument, ihre Höhen seien nicht das Leben ihres Mannes wert. Na ja, die offizielle Version ... denn mit fünfzig noch Jungfrauen verkörpern, wenn man mehr als hundert Kilo wiegt, wurde allmählich bedenklich und ... nein, ich ziehe es vor zu schweigen: christliche Nächstenliebe!«

»Madame Pylinska! Machen Sie sich über mich lustig?«

Sie blieb stehen, empört über meine Bemerkung.

»Wenn es um Kunst geht, scherze ich nie. Diese Frau brauchte den Koitus, um die hohen Töne in Bestform singen zu können, das ist die Wahrheit. Der Orgasmus verlieh ihr die Kraft und die Entspannung, die dem Zwerchfell erlauben, den Atem wirksam zu stützen. Klassischer Fall bei Sängerinnen. Aber es gibt welche, die trickreicher sind als andere, und sie singen lange.«

»Wie stellen die findigen es an?«

»Das erzähle ich Ihnen am Samstag.«

Als wir in der Diele waren, schob sie den Riegel beiseite und öffnete die Tür. Ich grüßte sie beim Hinausgehen und ging zum Aufzug, als sie mir nachrief: »Ach ja, ich präzisiere: Für die nächste Stunde schlafen Sie mit jemandem. Kein einsamer Sex.«

Ich wandte verlegen das Gesicht ab.

Sie insistierte: »Sie haben doch die Gelegenheit dazu? Ich meine, jemanden?«

»Natürlich«, murmelte ich.

»Perfekt!«

Die Tür schloss sich.

In der folgenden Woche kam ich, obwohl ich Madame Pylinskas Beschwörungen befolgt hatte, in finsterer Laune zu ihr. Ich warf ihr ihre Einmischung in mein Leben vor. Als ich sie zwei Monate zuvor kontaktiert hatte, hatte ich den einfachen Wunsch formuliert, mein Klavierspiel zu vervollkommnen; seitdem hatte ich nicht nur Blumen im Morgengrauen gepflückt, der Stille gelauscht, Kreise im Wasser erzeugt, bis zur Hypnose die Bewegung des Laubs an den Bäumen studiert, jetzt war sogar mein Privatleben durch ihre Forderungen in Mitleidenschaft gezogen worden.

Als ich mich von dem Mädchen dieser Nacht trennte,

bedauerte ich, dass ich mich in diese exzentrische Polin vernarrt hatte, und läutete an ihrer Tür mit dem festen Entschluss, den ersten Vorwand zu ergreifen, um den Unterricht hinzuschmeißen.

Sie betrachtete mich in der geöffneten Tür und schien meine Stimmung zu wittern. Mit einer liebenswürdigen Geste trat sie wortlos beiseite und bat mich einzutreten.

Im Wohnzimmer biss sie sich, blass im Gesicht, auf die Unterlippe.

»Sie wollen heute spielen, oder?«

»Natürlich!«, erwiderte ich, verärgert, dass ich so viel bezahlt hatte, ohne ihren Pleyel zu berühren.

»Dann los«, sagte sie und deutete auf den Hocker.

Ich spielte ihr mehrere Stücke vor. Gelassen verhielt Madame Pylinska sich wie eine hingebungsvolle Lehrerin, korrigierte meine Fingersätze, erklärte mir die Harmonie und achtete auf die Flexibilität meiner Handgelenke und die Haltung meiner Hände auf der Tastatur. Endlich! Ich erkannte meinen Sieg in ihrer Hingabe.

Nach einer Stunde hörte ich auf, mit müden Ohren und nur noch Matsch im Kopf.

Ich holte die Scheine hervor, sie dankte mir, steckte das Geld ein und begleitete mich zur Tür. Auf der Schwelle hielt sie mich beunruhigt zurück.

»Zufrieden mit Ihrer Stunde?«

»Sehr zufrieden.«

»Haben Sie nach Herzenslust spielen können?«

»Ja.«

»Habe ich Sie gut korrigiert?«

»Es war perfekt.«

Die Falten um ihren Mund sackten zusammen.

»Kommen Sie nicht wieder.«

»Wie bitte?«

»Wenn Sie diese Art von Unterricht mögen, kommen Sie nicht wieder. Ich hasse das! Ich bekomme davon Migräne und möchte mich am liebsten aus dem Fenster stürzen. Das Leben ist nicht lang genug, um mir das anzutun.«

»Aber …«

»Weil ich bemerkt habe, wie aufgebracht Sie waren, habe ich entschieden, Ihnen eine traditionelle Unterrichtsstunde zu geben, was mir einmal im Jahr passiert. Mit zunehmendem Alter übersteigt das meine Kräfte. Leben Sie wohl.«

Sie schlug die Tür zu.

Eine Stunde später war ich immer noch wütend. Ich hätte unsere Beziehung beenden müssen, nicht sie! Mein Stolz ertrug nicht, dass sie mich überrumpelt hatte. Um die Zeit totzuschlagen, wanderte ich zum Jardin du Luxembourg. Auf einen Metallstuhl gefläzt, sah ich dem Spiel der kleinen Jungen zu, die sich ihre Miniatursegelboote von einem Rand des runden Teichs zum anderen schickten, dann beobachtete ich gegen meinen Willen den Wind im Laub, das Schwanken der Sträucher, warf zwei oder drei Kieselsteine, um Kreise auf dem Wasser zu zeichnen, und beugte mich zu den Blumen hinunter, bis tiefe Ruhe mich durchströmte …

Ich hatte begriffen.

Am Nachmittag rief ich Madame Pylinska an, bat sie, mir meine Verstimmung zu verzeihen, und flehte sie an, unsere Treffen fortzusetzen.

»Ich lerne so viel von Ihnen, Madame Pylinska. Nicht nur Chopin. Nicht nur die Musik. Ich lerne das Leben.«

»Sie erlauben mir also, nach meiner Methode vorzugehen?«

»Unbedingt!«

»Einverstanden. Wir machen weiter.«

»Oh, danke. Tausend Dank.«

Sie räusperte sich.

»Ach übrigens, wenn Sie meinen Rat heute Morgen befolgt hätten … Sie hatten die verlangte Übung gemacht, das habe ich bemerkt, denn trotz Ihrer Stinklaune hatte Ihre Geschmeidigkeit sich verbessert.«

»Umso besser«, sagte ich verlegen.

»Hier die Arbeit, die ich Ihnen für diese Woche aufgebe …«

»Ich werde gehorchen, Madame Pylinska«, erklärte ich voll Eifer.

»Hm … Wie heißt sie?«

»Wer?«

»Ihre Freundin?«

Da ich mich nicht traute, ihr mein lockeres Leben zu erklären, griff ich wahllos eine Geliebte heraus: »Dominique.«

»Gut. Ich weiß nicht, wie Sie mit Dominique stehen, aber …«

»Ja?«

»Das führt nicht zu dem, was ich erhoffte … Ich habe den Eindruck, dass Sie mit ihr schlafen, wie man durch einen Tunnel geht, den Ausgang vor Augen. Sie suchen … das krönende Ende. Offen gesagt, ich zöge es vor, dass Sie das Davor schätzen würden. Verstehen Sie? Dass die Explosion nur etwas Zusätzliches ist, eine *Zugabe* … Begreifen Sie?«

An meinem Schweigen erkannte sie, dass ich zustimmte, und fuhr fort: »Konzentrieren Sie sich auf jede Sekunde. Wenn Sie das nächste Mal … mit Dominique herumtollen, denken Sie an die Tautropfen, an die Kreise im Wasser, an die Blätter an den Ästen, an die Stimme, die zarter als ein Haar ist …«

»Einverstanden.«

»Ich habe gestern in einer Zeitung gelesen, dass die Erwachsenen ohne Erziehung sieben Minuten bis zum Orgasmus brauchen, aber dass sie, wenn sie eine anständige Erziehung erhalten haben, durchschnittlich zwanzig Minuten brauchen. Also widmen Sie ihm eine gute Stunde.«

»Was?«

»Ich schätze, dass Sie eine höhere Bildung erhalten haben, dass Sie also nicht vor einer Stunde aufhören sollen. Eine Stunde, haben Sie verstanden? Unbedingt!«

»Danke, Madame Pylinska. Bis Samstag?«

»Bis Samstag.«

Während ich auflegte, fragte ich mich, was ich von diesem Unterricht erwartete. Und warum ich auf ihre Frage nach meinen Liebesbeziehungen Dominique geantwortet hatte.

Am Samstag kam ich in fröhlicher Stimmung zu meiner Versöhnungsstunde, da ich eine überwältigende Woche mit Dominique verbracht hatte, indem ich die Anweisungen von Madame Pylinska so gründlich befolgt hatte, dass das junge Mädchen mein Studentenzimmer nicht mehr verließ.

Ich setzte mich mit einer köstlichen Mattigkeit des Körpers und der Seele ans Klavier.

»Versuchen Sie die *Berceuse*«, schlug Madame Pylinska vor.

Während ich die *Berceuse* entzifferte, brachten meine Hände einen samtweichen, runden Anschlag hervor; der Klang entstand und erstarb, formbar, leicht, ohne dass ich mich anstrengen musste.

»Besser«, lautete Madame Pylinskas Urteil. »Aber Sie

bemühen sich zu sehr. Während Bach, Mozart oder Beethoven ständige Konzentration verlangen, erfordert Chopin Entspannung. Geben Sie sich mehr hin. Diese Takte müssen so gespielt werden.«

Sie nahm meinen Platz ein, und während sie mir die Schwierigkeiten erklärte, erbebte ich: die Spinne! Das Insekt hatte sich wieder über dem Instrument abgeseilt. Hatte Madame Pylinska in den letzten zwei Wochen auch nur einmal ihre Wohnung geputzt? Sah sie nicht gut?

Ich beschloss einzuschreiten und erhob mich.

»Erlauben Sie, dass ich Sie von dieser Spinne befreie.«

Madame Pylinska schnellte von ihrem Hocker hoch.

»Nein, Sie Unglücksrabe!«

»Wie bitte?«

Sie senkte die Stimme und flüsterte mir ins Ohr, während sie die Spinne anblickte, um sich zu vergewissern, dass sie sie nicht hörte: »Setzen Sie sich neben mich und spielen wir, als ob nichts wäre.«

Sie befahl mir, die Figuren meiner linken Hand zu spielen, während sie die Höhe mit ihrer Rechten skizzierte, und flüsterte, den Mund ganz nah an meinem Nacken: »Sie kommt von der Decke herab, sobald ich mich ans Klavier setze. Diese Spinne ist verrückt nach Musik. Chopin besonders. Sobald ich Chopin spiele, ist sie an ihrem Platz. Sie vergisst sogar zu fressen!«

»Glauben Sie, dass Tiere Musik lieben?«

Sie zuckte die Achseln.

»Natürlich lieben Tiere Musik. Nicht alle. Manche. Wie die Menschen. Sie haben bemerkt, dass meine gegenwärtigen Katzen in den Flur abhauen, sobald ich das Klavier öffne; Horowitz und Rubinstein sind nicht musikbegeistert. Nein, das Eigenartige, das, was mich so verblüfft hat, ist der Zeitpunkt ihres Auftauchens.«

»Ihres Auftauchens?«

»Die Spinne ist drei Tage nach dem Tod von Alfred Cortot aufgetaucht.«

»Der Katze?«

»Sie verhält sich ganz genauso.« Mit noch leiserer Stimme fügte sie hinzu: »Ich denke, meine Katze ist als Spinne wiedergeboren worden. Sie soll hier wohnen, solange sie will, ich betrachte sie als meinen Gast.«

Skeptisch wechselte ich das Thema.

»Haben Sie gestern im Fernsehen den Dokumentarfilm über die internationalen Klavierwettbewerbe gesehen?«

»Leider«, brummte sie.

»Was denn? Hat Sie das etwa nicht interessiert?«

»Das hat mich interessiert bis zu dem Augenblick, als die Preisträger Chopin gespielt haben. Und da … nichts als lauter Möchtegernchopins, müder Abklatsch, Chopiniewskys!«

»Ja, sie massakrierten Chopin alle auf die gleiche Weise.«

»Auf die gleiche Weise? Oh nein! Das ist ein bisschen zu einfach, junger Mann! Man kann … mein Gott … auf hundert Arten seinen Chopin verfehlen.«

Madame Pylinska begann, auf der Tastatur die mittelmäßigen Pianisten zu imitieren.

»So zum Beispiel! *Weiblich*: Ich suche das Hübsche, das Frisierte, das Gepuderte, das Leichte, so sehr, dass ich die Kraft, den Schwung auslösche und alles matt klingt. *Männlich*: Ich galoppiere drauflos, ein erklärter Klaviermacho. *Tuberkulös*: Matt, jeder Ton ein Hauch, der Klang hat keine Farben. Das Tempo? Ich dehne es endlos, und die Melodie stirbt, bevor sie zu Ende ist. *Salonlöwe*: Ich gewinne die Herzen mit schäkerndem Ton, mit meinen Handschuhen drehe ich mich und wirble umher in meinen Lackschuhen und ernte doch nur flüchtigen Ruhm und die Verachtung der Großen. *Pole*: Wütend, militant, provokant, sind meine Finger Gewehre, meine Werke Fahnen, die auf den russischen Feind zielen, um ihn zu erledigen. *Franzose*: Dank Papa, dank Paris, der Eleganten, dank Pleyel, dank Gaveau, dank George, meiner Geliebten, habe ich das Raffinement des Versailler Schlosses. *Im Exil*: Bedrückt und fremd, wo ich auch gehe, schreibe ich aus Sehnsucht, zermürbt von diesem Anderswo. *Sentimental*: Für Sie gebe ich mein Herz, mein Blut, meine Eingeweide, meinen Schweiß und meine Gedärme, jede Scham beiseitelassend, entblößt aus Prinzip, ohne auch nur einen Augenblick daran zu denken, dass das Fleisch anekelt. *Tiefgründig*: Mit ernster Miene zweifle ich in einem fort. *Wie ein Metronom*: Meine Herren, ich wiederhole, dass Chopin, stolz, aufrichtig und streng, Bach und Couperin liebte! Diese Spielweisen, Fehlinterpretationen und Irrtümer, die von seinen Anhängern und Bewunderern kommen, erlaube ich mir selbst mit großer Verve, aber ich erlaube keinem anderen, mich damit zu belästigen!«

Ich applaudierte ihren umwerfenden Karikaturen. Bei diesem Geräusch zog sich die Spinne sofort an die Decke zurück. Für Madame Pylinska bestätigte dieser plötzliche Rückzug des Insekts ihre Theorie. Sie blickte mich an und verzog das Gesicht.

»Ich habe das Gefühl, dass Sie nicht an die Metempsychose, die Seelenwanderung, glauben.«

»Ich habe keine Meinung dazu, ich weiß nichts darüber.«

»Niemand weiß etwas darüber, deswegen habe ich ja das Wort ›glauben‹ benutzt. Glauben Sie daran?«

»Hm …«

»Ich glaube daran. Die Frage, die mich quält, beschränkt sich nicht auf die Wiedergeburt meiner Katze im Körper einer Spinne, nein, ich frage mich eher: Wessen Wiedergeburt war Alfred Cortot, meine Katze?« Sie dachte nach und fügte hinzu: »Wegen dieses Zweifels zittere ich seit fünfzehn Jahren, wenn ich spiele, gehemmter, als wenn tausend Zuhörer den Saal füllen würden. Vielleicht befindet sich hier eine Seele, die die Musik besser beherrscht als ich, die mich beobachtet und mich bewertet. Erschreckend, oder?«

Als ich auf den Knopf für den Aufzug drückte, murmelte ich träumerisch: »Madame Pylinska, was ist Chopins Geheimnis?«

»Es gibt Geheimnisse, die man nicht entschlüsseln darf, sondern denen man sich einfach hingeben sollte: Sie bereichern unser Leben.«

Dann sagte sie unvermittelt: »Sie haben Fortschritte gemacht; aber es bleibt noch Luft nach oben …«

»Sagen Sie.«

»Etwas beschäftigt mich. Ihre Freundin … äh, wie heißt sie doch gleich?«

»Dominique.«

»Ach ja, Dominique! Blicken Sie ihr in die Augen.«

»Wie bitte?«

»Blicken Sie ihr in die Augen, während Sie mit ihr schlafen.«

Eine Woche später läutete ein neuer Mann an der Tür von Madame Pylinska, denn eine Naturkatastrophe hatte mich niedergestreckt: Ich hatte mich verliebt.

Als ich Dominique bei unseren Umarmungen Nacht für Nacht und Tag für Tag in ihre haselnussbraunen

Augen geblickt hatte, hatte ich darin einen schattigen, geheimnisvollen, glühenden Schacht gesehen, in den ich mich jede Stunde, jede Minute, jede Sekunde hatte stürzen wollen. Erschüttert, schwankend, brauchte ich sie, ihre Gegenwart, ihren Körper, ihr Lachen, das Gespräch mit ihr.

All das *wegen* Madame Pylinska, oder *dank* Madame Pylinska, so sehr zögerte ich je nach Augenblick, ob ich die Umwälzung meines Lebens als Fall oder Aufstieg begreifen sollte. Zum ersten Mal stand dieselbe Person im Mittelpunkt meines Sex- und meines Liebeslebens. Vor Paris hatte ich nur platonische, pubertäre Leidenschaften gehabt, die nicht auf Gegenseitigkeit beruht hatten und in denen ich mir vor Unglück die Augen ausgeheult hatte, und dann, sobald ich in die Rue d'Ulm gezogen war, hatte ich mich auf die Fleischeslust verlegt, die frei von Verpflichtungen war. Dominique gegenüber verlor ich die Illusion von Kontrolle, die den Frauenheld auszeichnet. Ich hatte meine Gefühle nicht mehr im Griff; ein tieferes Gefühl, das stärker war als ich, überwältigte mich und ermutigte mich nachzugeben.

Kaum hatte ich das Stück begonnen, lächelte Madame Pylinska und blinzelte.

»Ich freue mich für Sie«, flüsterte sie.

Meine Finger schwebten über den Tasten.

»Sagen Sie mir nicht, dass ich gut spiele, weil ich verliebt bin!«

»Sie spielen hinreißend, weil Sie sich hingeben. Sie lassen sich auf die Musik ein, so wie Sie sich auf die Liebe einlassen. Sie sind jetzt imstande, sich jeden Augenblick, jeden Ton, jede Modulation zu eigen zu machen. Sie verkrampfen sich nicht mehr, Sie filtern nicht mehr.«

Sie setzte sich auf den Puff, auf dem Alfred Cortot sich früher niedergelassen hatte, und zündete sich eine Zigarette an.

»Wenn man verliebt sein müsste, um außergewöhnlich zu spielen, würde ich dann noch spielen? Ich bin schon lange nicht mehr verliebt gewesen. Nein, ich wähle den Weg, den ich neulich andeutete, als ich von den Sängerinnen sprach, die findiger als Magdalena waren, die Bedürftige, die ihre Höhen bewältigte, wenn ihr Mann Bogdan sie besessen hatte. Die ausgefuchsten Sängerinnen, diejenigen, die eine beachtliche Karriere machen, wie lockern sie ihr Zwerchfell? Sie erinnern sich … Sie behalten die Empfindungen in Erinnerung und rufen sie im Bedarfsfall ab. Ich mache es ebenso, wenn ich spiele; ich hole die Erinnerung an die Liebe hervor und lasse mich davon berauschen. Das ist fantastisch.«

Beruhigt setzte ich das Stück fort. Die Spinne ließ sich von der Decke herunter und blieb reglos am Ende ihres Fadens hängen. Madame Pylinska deutete mit dem Blick auf das Insekt und flüsterte: »Bis jetzt ist sie noch nie Ihretwegen herabgekommen!«

Für sie war das Verhalten der Spinne der unumstößliche Beweis für meine Fortschritte. Aufgekratzt spielte ich ein Prélude, dessen Melodie ich liebte.

Madame Pylinska murrte über meine Töne hinweg: »Das Band! Das Band! Geben Sie mir das Band!«

Ich spielte weiter, ohne zu verstehen, bis sie rief: »Das Band? Wo ist das Band?«

»Welches Band?«, fragte ich, eifrig bemüht.

Sie errötete.

»Halt!«

Sie blickte mich ratlos an, stand auf, zögerte, verzichtete und lief verzweifelt im Kreis.

»Die Melodie muss sich als Band entfalten. Ja, ich weiß, das Klavier beschränkt sich auf Filzhämmer, die auf die Saiten schlagen, es ist in erster Linie ein Schlaginstrument, aber nutzen Sie das nicht aus, um es in eine Trommel zu verwandeln! Sie schlagen, Sie singen nicht. Bei Ihnen folgen Schläge auf Schläge.«

Sie ging zu ihrem Plattenspieler.

»Wir werden uns die Callas anhören.«

»Madame, ich komme zu Ihnen, um am *Klavier* zu arbeiten.«

»Genau deswegen werden wir uns die Callas anhören.«

»Ich habe die Callas schon gehört!«

»Ach ja? Davon merkt man nichts.«

Achselzuckend fügte ich mich ihrer Laune.

Madame Pylinska setzte den Saphir auf eine Vinylplatte. Die Lautsprecherboxen knisterten, und dann verbreitete sich ein Hintergrundrauschen, das wir als die neue Stille betrachteten. Das Orchester spielte eine kurze Einleitung, eine Flöte schnurrte, und dann erhob sich die Stimme von Maria Callas im Raum. *Casta Diva*. Die Sängerin war aus dem Apparat gesprungen, um unsere Aufmerksamkeit auf sich zu ziehen, und stand vor Leidenschaft brennend, bebend vor den Lautsprechern. Einschüchternd fast.

»Haben Sie ihre Präsenz bemerkt?«, murmelte Madame Pylinska.

»Unglaublich! Woran liegt das?«

»Die Callas tritt nicht als Sängerin, sondern als Person auf. In einer Oper hat die Heroine einen Grund, auf die Bühne zu stürzen, angetrieben von einer Dringlichkeit, gespannter als ein Bogen, sie hat etwas zu tun, zu sagen. Die Präsenz entsteht aus der Fülle, sie macht ihren Ausdruck aus. Die leeren Wesen haben nicht die geringste Präsenz. Ich kannte eine sehr ansehnliche Schauspielerin, die … nein, ich ziehe es vor zu schweigen: christliche Nächstenliebe!«

Der Gesang dauerte an, sensibel, menschlich, einer Zeichnung ähnlich; der Atem der Callas verwandelte sich in eine Bleistiftlinie, die ihre Arabesken auf die Seite der Stille zeichnete.

Zwei- oder dreimal fielen mir schrille Töne auf. Zwei- oder dreimal fand ich die Tiefe zu markant, die Höhe etwas forciert. Zwei- oder dreimal schien mir der Klang in einem Lampenglas gefangen zu sein.

»Das ist nicht unbedingt schön«, sagte ich zaghaft.

»Selten schön, aber immer wahr. Es hat schönere Stimmen gegeben, aber es gibt keine größere Sängerin. Das Instrument zählt weniger als das, was man aus ihm herausholt. Anfangs war die Stimme der Callas nur eine dicke, kompakte, schwarze, schwere Melasse, die sie entschlacken, verfeinern und geschmeidig machen musste. Ah, wie wundervoll, sie singt wie eine dicke Kurzsichtige.«

»Wie bitte?«

»Ein Sumokämpfer mit Brille.«

»Oh!«

»Was? Haben Sie nie Fotos von der jungen Callas gesehen? Ein Mammut mit dicken Brillengläsern!«

»Madame Pylinska!«

»Mit achtundzwanzig wog sie an die hundert Kilo und konnte nicht einmal den Dirigenten im Graben erkennen. Deswegen sang sie so perfekt. Indem sie ihre Töne in die Finsternis schickte – also an alle –, strahlte sie wie eine fettleibige Frau, die mit ihrer Stimme betören will. Danach, als sie abgenommen hatte, hat sie sich als überwältigend erwiesen. Der Wal verbarg eine Venus. Leider war das der Anfang der Katastrophe, der Abwärtsspirale …«

»Ihre Diät hat ihre Stimme ruiniert?«

»Sie hat ihre Seele ruiniert. Schlank und rank, wohlproportioniert, konnte sie auf eine andere Weise verführen. Rivalin der besten Mannequins, trat die Künstlerin in den Hintergrund, weil sie nicht mehr notwendig war. Die hässliche Callas sang göttlich, die wunderschöne Callas immer weniger gut. Ihr fehlte das Manko.«

Sie hob den Arm des Plattenspielers hoch. Maria und das Orchester der Scala verstummten.

»Man kann nie genug auf die Gefahren von Diäten hinweisen.«

»Vielleicht ist sie ja dadurch aufgeblüht?«, meinte ich.

»Das ist doch ein Witz! Sie war am Ende abgemagert, hart, verbittert, lebte zurückgezogen und langweilte sich zu Tode in der Avenue Georges-Mandel im 16. Arrondissement. Sie war geschaffen, um eine Raupe zu sein, kein Schmetterling.«

Sie steckte die Platte in die Hülle zurück, die ein wunderschönes Gesicht zeigte.

»Ein kolossales Missverständnis, der Ruhm der Callas. Wir betrachten die Fotos einer Göttin, während wir eine kurzsichtige Ohrenrobbe hören.«

Sie deutete auf die Tastatur des Pleyel.

»Ans Klavier, *presto*. Ahmen Sie den Gesang der Callas für die Melodien von Chopin nach. Sobald er sich in Paris niedergelassen hatte, verbrachte Chopin seine Abende in der Oper und ergötzte sich an den Diven und Tenören, die die Werke von Rossini, Donizetti und Bellini uraufführten.«

Ich machte mich wieder an das Prélude und konzentrierte mich auf die Kantilene.

Erneut unterbrach sie mich: »Singen Sie dazu.«

Meine Stimme übernahm die Melodie und verdoppelte das Klavier.

Madame Pylinska protestierte: »Sie denken an etwas anderes, während Sie singen. Und Sie atmen nicht.«

Sie hatte recht: Ich vergaß beim Singen das Atmen.

Madame Pylinska schlug auf das Holz des Klaviers.

»Halt!«

Ihre Augenbrauen berührten sich fast, während sie mich ansah.

»Unmöglich mit Ihrem Brustkorb. Schauen Sie: Das ist kein Korb, das ist ein Schrank. Zwischen Ihre Schultern passen zwei von meiner Größe. Was für einen Brustumfang haben Sie?«

Normalerweise hätte ich die Frage überhört, doch da ich gerade für den Militärdienst ärztlich untersucht worden war, rief ich stolz: »Ein Meter fünfzehn! Ich habe einen Brustumfang von einem Meter fünfzehn.«

»Aua! Ein Meter fünfzehn! Kein Wunder, dass Sie ventilieren, wenn Sie nicht mit Ihrer Luft haushalten. Ich bin in zehn Sekunden wieder da.«

Sie verschwand im dunklen Flur, ich hörte, wie sie Schubladen öffnete und zuschlug, und dann kam sie mit einer Schere und einer Rolle Klebeband zurück, wie man es benutzt, um Umzugskartons zu verschließen.

»Stellen Sie sich an die Wand. Da. Mit dem Rücken.«

Sie drückte mich an die Zimmerwand.

»Bewegen Sie sich nicht, sehen Sie mich an und schließen Sie die Lippen.«

Mit einer raschen Geste, gegen die ich mich nicht wehren konnte, klebte sie ein Stück Klebeband über meinen Mund.

»Hop!«

Ich hatte gerade verblüfft begonnen, mich zur Wehr zu setzen, da war ich auch schon geknebelt.

»Und jetzt singen Sie!«

Ich rollte fragend mit den Augen.

Sie insistierte: »Singen Sie! Ich mache es Ihnen absichtlich schwer, damit Sie begreifen, was es bedeutet, zu atmen und zu singen. Los! *Casta Diva* bitte.«

Ich begann die Melodie in einer Art Gewimmer, das sich nach ein paar Takten verstärkte; daraufhin schlug sie mich mit der Faust unter meinem Brustbein, und ich glaubte zu ersticken.

»Singen Sie! Singen Sie! *In argenti* …«

Wenn ich hätte sprechen können, hätte ich gebrüllt, dass ich kurz davor sei, mich zu übergeben, so sehr zerquetschte sie mir den Magen, aber besessen von ihrer Idee, gab sie mir die musikalischen Phrasen zur Orientierung. Gegen sie und gegen ihren Druck ankämpfend, sang ich die Melodie auf einem »a« ohne Konsonanten; je mehr ich mich anstrengte, desto mehr achtete ich bewusst auf meine Atmung, mein Timbre, die Dauer der Töne, die Modulation der Phrasen, die Akzente, die Verzierungen und die Appoggiaturen. Sollte ich es zugeben? Trotz der Unbequemlichkeit gefiel es mir; mein Körper wurde zu einem Musikinstrument, zu einer klangvollen Klarinette, die die Faulheit mir bis jetzt verborgen hatte.

Beim letzten Ton löste Madame Pylinska ihre Umklammerung.

»Sie haben begriffen. Sie haben jetzt das Band. Ans Klavier, *presto*!«

Immer noch mundtot, setzte ich mich vor die Tastatur und begann erneut das Prélude. Aufgrund der vorangegangenen Anstrengungen und geleitet von meinen Erinnerungen, verwandelte sich die Melodie unter meinen Fingern in ein formbares, elastisches Band, das zerriss und sich wieder zusammenfügte, vibrierend, dehnbar.

»Endlich!«, sagte Madame Pylinska seufzend und ermattet. »Sie müssten nur noch ein bisschen natürlicher spielen. Sie hören sich zu sehr zu. Und wenn Sie sich zuhören, höre ich Ihnen nicht mehr zu.«

Ich riss mir das Klebeband vom Mund und lächelte den Tasten zu.

Madame Pylinska fuhr fort: »Chopin, schwächlich von Geburt an, ohne Atem, litt schon jung an Tuberkulose. Als Erwachsener wog er weniger als fünfzig Kilo bei einem Meter siebzig. Ein langes Elend … Seit seiner Jugend hustete er, keuchte, hatte Erstickungsanfälle und spuckte

Blut. Normal, dass er es liebte, der Malibran in der Oper zu applaudieren, dem damaligen Pendant der Callas. Wieder zu Hause, sang er; nicht mit der Stimme, der Unglückliche, sondern mit dem Klavier.«

Als ich die Polin verließ, fragte ich sie auf der Schwelle: »Kein Rat für diese Woche? Wie soll ich arbeiten?«

»Nur eine einzige Empfehlung: Denken Sie nach.«

»Worüber?«

»Über die Tür. Die schmale Tür. Die einzige Tür. Die, die zu dem Gang führt, den Sie wählen möchten.«

»Ich verstehe nicht.«

»Chopin hatte die Tür der Musik gewählt. Callas hatte die des Gesangs gewählt. Welche ist Ihre Tür?«

»Gibt es nur eine Tür, Madame Pylinska?«

»Wenn man die Spitze erreichen will, dann gibt es nur eine.«

Als sich die Tür des Aufzugs schloss, hörte ich noch, wie Madame Pylinska gurrte: »Grüßen Sie Mademoiselle Dominique herzlich von mir!«

Der Anruf schmetterte mich nieder. Meine Großmutter hatte sich, nachdem sie gezögert hatte, mich anzurufen, entschlossen, mich zu informieren: Aimée, schwer an Krebs erkrankt, war ins Krankenhaus eingewiesen worden.

»Nasenkrebs! Ich wusste gar nicht, dass man auch an der Nase Krebs kriegen kann. Du? Aimée macht nie was wie die anderen.«

Da sie spürte, dass sie auf dem besten Weg war, über sie zu lästern, fügte meine Großmutter jammernd hinzu: »Sie lehnt alle Besuche ab. Stell dir nur vor! Sie verbietet jedem, sie zu besuchen. Wegen ihrer Nase! Sie behauptet, die Operation habe sie entstellt und sie wolle nicht, dass man sie so sieht. Ich bin zweimal in der Onkologieabteilung gewesen, aber man hat mich nicht zu ihr gelassen! Mich! Schlimmer als eine Fremde!«

Sie schluchzte, und ich wusste nicht, ob ihre Tränen ihr galten oder dem Schicksal Aimées.

»Wann wird sie aus dem Krankenhaus kommen?«

»Gar nicht! Die Ärzte haben keine Zweifel gelassen: Trotz Operation und Behandlung wird sie nicht wieder gesund.«

»Aber …«

»Sie ist sich dessen bewusst. Gestern Abend hat sie mich angerufen, hat mir alles erzählt und mir gesagt, dass sie sich bis zu ihrem Tod nicht mehr zeigen werde.«

Und dann verlor meine Großmutter sich in den Erinnerungen an ihre Kindheit, an ihre gemeinsamen Ferien, ihre Väter und ihre Reisen nach Nizza und Monaco; sie sprach jetzt über sich, gerührt von ihrer verlorenen Jugend und den längst vergangenen Jahren, und schilderte Szenen, in denen Aimée lediglich zum Dekor gehörte.

Ich benutzte ein Seminar über Erkenntnistheorie als Vorwand, um das Gespräch zu beenden.

Sobald ich den Hörer aufgelegt hatte, versank ich in meinen Gedanken. Aimée war ihr Leben lang ihren Weg allein gegangen, mutig, entschieden, kompromisslos diskret! Was für eine Würde! Auch jetzt noch hielt sie, verletzlich und geschwächt, die anderen von ihrem ganz persönlichen Bereich fern.

Ich wollte sie unbedingt noch einmal sehen. Rasch. Sehr rasch! Würde es möglich sein? Als ich an die Nörgeleien meiner Großmutter dachte, stach mich ein Verdacht: Hatte Aimée diese Regel nicht nur für meine Großmutter aufgestellt, um sich ihrem aufdringlichen Mitgefühl zu entziehen?

Ich rief meine Eltern an, die mir Aimées Haltung bestätigten, und dann meine Tante Josette, mit der Aimée sich häufiger traf und die mir gestand, dass die Krankenschwestern auch sie abgewiesen hatten.

Hatte Aimée mich nicht anders behandelt, als sie mir ihr wahres Leben anvertraut hatte?

Am Samstag ließ ich meinen Klavierunterricht ausfallen und begab mich nach Lyon, wo Aimée ihre letzten Tage verbrachte.

Auf einem Hügel von durchschnittlicher Höhe breitete sich die Clinique des Mimosas, ein langes, niedriges Gebäude mit ockerfarbenem Rauputz, bescheiden inmitten von Rasen und Blumenbeeten aus. Es strahlte eine gutmütige Ruhe aus, die im Widerspruch stand zu den sterbenden Menschen, die es beherbergte.

Ich stellte mich am Empfang vor, wo eine fesche Frau aus Martinique mich anlächelte, bis ich den Namen Aimée aussprach.

»Madame Buffavand? Ah, tut mir leid … Sie hat mir eine Anweisung gegeben: keine Besuche.

»Hat sie keine Liste gemacht?«

»Nein. Weder eine Liste der Personen, die sie nicht sehen will, noch eine Liste der Personen, die sie sehen will.«

»Ich bin ihr Lieblingsneffe.«

»Tut mir sehr leid.«

»Übrigens weiß ich gar nicht, ob ich ihr Lieblingsneffe bin. Sagen wir, sie ist meine Lieblingstante.«

»Das tut mir erst recht leid. Madame Buffavand legt Wert auf ihre Einsamkeit, und wir alle müssen ihre … Wünsche respektieren.«

Die junge Frau, die beinahe »ihre letzten Wünsche« gesagt hätte, errötete. Bestrebt, mich zufriedenzustellen, betrachtete sie ihren Schreibtisch, nahm einen Notizblock und reichte ihn mir.

»Schreiben Sie ihr eine Nachricht, wir werden sie an sie weiterleiten.«

»Jetzt?«

»Nein, um 19 Uhr mit ihrem Essenstablett.«

»Später wäre es zu spät. Bitte sagen Sie ihr Bescheid.«

»Wir haben zwei sehr präzise Anweisungen erhalten: niemanden zu ihr zu lassen und sie nicht zu stören, um sie darüber zu informieren.«

»Ich komme aus Paris!«

»Monsieur«, fügte sie gutmütig hinzu, »glauben Sie mir, ich verstehe Ihre Enttäuschung …«

Seufzend nahm ich den Block, setzte mich auf einen Plastikstuhl zwischen den grünen Pflanzen und kritzelte, halb wütend, halb zärtlich:

Ich bin gekommen, um Dich zu sehen. Was immer Du auch entscheidest, ich beuge mich Deinem Willen, aber Du sollst wissen, dass ich da bin. Und dass ich Dich liebe.

Eric-Emmanuel

PS: Ich bleibe bis morgen in Lyon.

Ich faltete das Blatt Papier zusammen, gab es der Krankenschwester, die mir ein trauriges Lächeln schenkte, und ging dann die Stufen der Außentreppe hinunter, mit gebeugten Schultern und schweren Füßen, um den Weg zum Ausgang zu nehmen. Nach ein paar Metern bog ich jedoch ganz lässig nach links ab, fest entschlossen, koste es, was es wolle, einen Blick auf Aimée zu erhaschen, indem ich um das Gebäude herumging. Ich blickte ins Innere der Zimmer im ersten und zweiten Stock. Man kann nie wissen … Wenn ich sie finde … Oder, besser, wenn Aimée am Fenster steht …

Leider machte ich zwei Runden ohne Erfolg; entweder verwehrten die Vorhänge die Sicht, oder die Zimmer hinter den Fensterscheiben waren leer.

Entmutigt ließ ich mich auf die steinerne Bank neben einem breiten Fenster sinken, das aus kleinen Scheiben nach alter Art bestand.

Vor mir erhellte ein träger Himmel sanft die Lyonnaiser Berge.

Müde und niedergeschlagen dachte ich nicht mehr und fühlte nichts mehr; diese Klinik, dieser geschmacklose Park, meine Reise, die Zuneigung, die ich für meine Tante empfand, alles kam mir absurd, farblos vor. Selbst das Leben von Aimée, das hier verlöschen würde … Wie sehr hätte ich die Wut dieser nutzlosen Fadheit vorgezogen, die mich übermannte! Wozu soll das gut sein? Das waren die einzigen Worte, die die Wüste meines Geistes durchquerten. Wozu soll das gut sein? Die Erde hatte ihr Salz, ihre Farben, ihre Aromen, ihre Gerüche verloren …

Ein kaum hörbares Geräusch störte mich.

Ich drehte mich um und sah eine Katze, die über eine

zerbrochene Scheibe ging. Angezogen von diesem winzigen Leben, stand ich auf und folgte ihr mit Blicken. Die getigerte Katze war soeben in einen Festsaal eingedrungen, wo ein großflächiger Fußboden vermutlich einst das Tanzen erlaubt hatte, während ein Podium im Hintergrund zwischen zwei kakifarbenen Vorhängen wohl als Bühne gedient hatte. An den Wänden waren noch Spuren verschwundener Plakate sichtbar, beige Vierecke gesäumt von verräucherter Farbe.

Die Katze streifte einen gusseisernen Heizkörper, sprang hinauf, ging auf ihm entlang und sprang auf die Bank eines Klaviers.

Ich traute meinen Augen kaum: Ein Schiedmayer, das Klavier meiner Kindheit, ein Schiedmayer, der ganz und gar demjenigen meiner Eltern ähnelte, schlummerte da im Dunkeln.

Ich zögerte nicht. Ich steckte die Hand durch die Scheibe, durch die die Katze hineingeschlüpft war, packte die metallene Verschlussvorrichtung, öffnete einen Teil des Fensters und schlüpfte meinerseits in den alten Festsaal.

Erschrocken über mein Eindringen, verschwand der Kater hinter dem Bühnenvorhang.

Ich näherte mich dem Klavier, gerührt, als würde ich mich in der Vergangenheit bewegen. Braun, da und dort mit Fettflecken bedeckt, das Elfenbein der Tasten abgewetzt, thronte der Schiedmayer im Zentrum des Raums.

Kein Eindringling in diesem Fall, sondern ein Altar. Er wirkte noch älter als unserer.

Ich setzte mich davor. Leer, erschöpft, lustlos, betrachtete ich ihn und dachte an Aimée, an diese leidenschaftliche Begeisterung, die sie an meinem neunten Geburtstag in mir geweckt hatte. Sollte das alles nur noch Staub sein?

Ich musterte das Instrument. Es musste mir unbedingt etwas beweisen. Ich schlug einen ersten Akkord an, dann einen zweiten. Es reagierte perfekt. Ich setzte mich auf die Bank und begann das Larghetto aus dem Klavierkonzert Nr. 2.

Die Melodie, die engelhafte Melodie drang geschmeidig, silbrig, klar, gemächlich, zugleich weich und leuchtend aus dem alten Schiedmayer. Sie stieg zur schmutzigen Decke empor und verwandelte sich in ein Gebet. Ein Gebet, das nichts verlangte, ein Gebet, das sich von der geringsten Forderung befreite, ein Gebet, das akzeptierte, das dankte, das Dank abstattete.

Niemals hatte ich so gespielt. Ich erreichte die Gestade des Kontinents Chopin mit flüssigen Bässen, Melodien aus Tropfen, Gischtspritzer, der Fluss, der Rückfluss, die Selbstverständlichkeit. Alles, was Madame Pylinska mir beigebracht hatte, die Stille, die Kreise im Wasser, der Tau, die Zweige, die an einem biegsamen Stamm wogten, die Entspannung, der zarte Gesang, der jederzeit zu zerbrechen drohte, sich aber endlos fortsetzte, alles war endlich vereint. Die Töne kamen, als würde ich sie improvisieren; ich bewegte mich wie ein Spaziergänger, ohne eine Partitur zu spielen, ohne im Voraus zu wissen, was ich sagen würde, die musikalischen Phrasen formten sich unter meinen Fingern, spontan, unschuldig; mit klopfendem Herzen, sprachlos, bestrebt jedoch, um die Magie zu bewahren, mich nicht von meiner Verblüffung aufhalten zu lassen, hatte ich das Gefühl, von Chopins Geist berührt zu werden.

Eine Tür quietschte hinter mir. Jemand vom Personal, der mich auffordern würde zu verschwinden … Um den Rausch nicht zu zerstören, spielte ich weiter und hoffte, die Musik würde die Verwaltungsvorschriften abmildern.

Eine Stimme flüsterte: »Dreh dich nicht um.«

Es kam mir so vor, als würde ich die Stimme kennen oder, besser, unter einem veränderten Timbre vertraute Intonationen wiedererkennen.

»Bist du es, Aimée?«

»Bitte dreh dich nicht um.«

»Ich schwöre es dir.«

»Danke …«

»Du bist es.«

»Ich habe dich von meinem Zimmer aus gesehen, direkt oben drüber … Normalerweise erwecke nur ich dieses Instrument zum Leben. Was für ein Geschenk du mir machst! Spiel! Spiel weiter!«

Überglücklich fuhr ich fort und war mir bewusst, dass die Aufregungen der vergangenen Monate auf das Ziel zuliefen, hier diesen Augenblick zu leben.

Der letzte Akkord verklang; der Zauber Chopins hielt noch eine Minute länger an.

»Du spielst gut, Eric.«

»Zum ersten Mal …«

Sie lachte impulsiv und rief: »Zum Glück gab es Chopin. Ohne ihn hätte ich nicht gelebt.«

»Erklär mir das«, murmelte ich.

»Roger lebte mit seiner Frau zusammen. Ich habe mehr Zeit damit verbracht, auf ihn zu warten, als mit ihm zusammen zu sein. Roger erzählte mir oft von seinen Söhnen und seiner Tochter, und ich kannte sie nur von den Fotos, die er in seiner Brieftasche aufbewahrte. Das ist das Resümee meines Lebens: Kinder auf Fotos und ein Liebhaber, der bei einer anderen wohnte. Nichts als Entbehrungen … Aber es gab Chopin!«

»Er hat dich getröstet?«

»Überhaupt nicht! Trösten heißt, die Frustration zu akzeptieren; aber Chopin befreite mich davon. Dank ihm lebte ich in einer erfüllten Welt, einer Welt, in der immer ein Herz schlug, einer von Emotionen, Leidenschaften, Revolten, Freundlichkeiten, Ekstasen, Verblüffungen, Überzeugungen und Überschwänglichkeit gesättigten Welt. Wenn Roger mir fehlte und ich mich nach Zärtlichkeit sehnte, schenkte Chopin sie mir. Wenn Roger mir fehlte und ich ihm meine Liebe gestehen wollte, sagte Chopin sie ihm. Wenn Roger mir fehlte und ich ihn anschnauzen wollte, besorgte Chopin das für mich. Im Grunde lebte ich ebenso wie Roger ein Doppelleben! Ich hatte ein sehr knauseriges Leben mit Roger und ein so reiches mit Chopin, das das erste ergänzte, rechtfertigte und erfüllte. Ich vibrierte die ganze Zeit. Ob Roger wohl jemals geahnt hat, wie sehr Chopin mir geholfen hat?«

»Ein virtuelles Leben …«

»Ein perfektes Leben, in dem alles fantastisch war, einschließlich des Schmerzes. Verstehst du, Eric, ich konnte die Trauer genießen, weil sie sich, wie Chopin mir einschärfte, als ebenso angenehm wie notwendig erwies. Selbst die Verzweiflung klang gut!«

Sie seufzte, zutiefst aufgewühlt.

»Er hat mir erlaubt, in einer anderen Welt zu leben, einer Welt, in der die Gefühle aufblühen, eine Welt voller leidenschaftlicher Erklärungen, Wutausbrüche, Enthusiasmus, Glück, eine Welt ohne Berechnung, ohne Rationalismus, ohne Vorsicht, ohne Pragmatismus. Keine utopische Welt, nein! Eine Welt, die mich zu mir kommen ließ. Kein Rückzug, eher eine Öffnung. Das ist es, was Chopin anbietet: einen Ort, wo man lieben kann. Lieben, was ein Leben ausmacht, ja sogar die Unordnung, die Angst, die Beklommenheit, den Aufruhr. Er macht schön, was nicht schön war, und bringt zum Glühen, was bereits glühte. Weit entfernt, uns eine Zuflucht zu bieten, zwingt er uns zur Hellsicht, indem er uns die Weisheit schenkt, die Dinge zu akzeptieren, und unsere Freude an der *conditio humana* steigert. Dank Chopin habe ich gut gelebt. Hast du die Meise da am Fenster bemerkt?«

Vorsichtig drehte ich langsam den Kopf, um die Meise zu betrachten, ohne Aimée zu stören. Ich bemerkte das hübsche, kräftige, flaumige Tier mit seinen anis- und anthrazitfarbenen Federn.

»In meiner Kindheit auf dem Land sagte man, dass in den Meisen unsere Toten sind, die uns besuchen, um zu sehen, wie es uns geht.«

»Eine wunderschöne Legende.«

»Keine Legende, ein altüberliefertes Wissen. Spiel und achte auf ihre Reaktion.«

Bei den ersten Tönen des Konzerts begann der Vogel reglos zuzuhören.

»Roger neigte, wenn er mir zuhörte, den Kopf nach links. Diese Meise setzt sich, sobald ich mein Zimmer verlasse, um auf diesem Klavier zu spielen, auf das Fenstersims und neigt den Kopf nach links.«

Ich unterbrach mein Spiel, um sie zu betrachten.

»Glaubst du, dass er es ist?«

Erschrocken über das Verstummen der Musik, machte die Meise einen Satz vom Fenstersims, flatterte auf den Rasen und pickte nach einem Korn.

Aimée präzisierte: »Selbst wenn sie Roger ist, ist sie auch ganz und gar Meise.«

Wir lachten.

»Ich würde dich gern umarmen, Aimée.«

»Ich auch, Eric, aber ich möchte, dass du mich so in Erinnerung behältst, wie ich war.«

»Du frustrierst mich.«

»Du wirst niemals frustriert sein, weil ich dir Chopins Geheimnis verraten habe.«

*

Heute Morgen bin ich mit Freude im Herzen aufgewacht, einer Fröhlichkeit, die sich von selbst eingestellt hatte, wie die Sonne, die auf den Garten scheint, in dem meine drei Hunde ausgelassen herumtoben.

Dreißig Jahre sind seit Aimées Tod vergangen.

Als ich wieder zu Madame Pylinska gegangen war, hatte ich ihr von dem Gespräch mit meiner Tante erzählt und von dem außergewöhnlichen Spiel, das mich so verblüfft hatte.

»Das war das erste Mal«, hatte ich gesagt.

»Und vielleicht das letzte«, hatte sie erwidert.

Leider hatte sie recht. In den Monaten, in denen ich den Unterricht bei ihr fortsetzte, erreichte ich diese Selbstverständlichkeit nie wieder. Chopin entzog sich mir erneut.

Eines Tages teilte Madame Pylinska mir ernst mit, dass sie Frankreich verlassen und nach Warschau zurückkehren werde.

»Genug Chopin, ich muss mich der Realität stellen.«

»Ausgerechnet Sie sagen das?«

»Ganz genau. Chopin ist 1830 aus Polen geflohen, unmittelbar vor dem Aufstand gegen Russland. Weil es Polen seit 1795, als sein Territorium zwischen drei Ländern aufgeteilt worden war, nicht mehr auf der Karte gab, hat Chopins Musik die polnische Nation verkörpert. Polen, das war ein Jahrhundert lang Chopin. Er hielt die Flamme aus der Ferne am Brennen, indem er ihr in seinen Mazurken oder Polonaisen ein ruhmreiches ewiges Leben schenkte. 1918 ist Polen wieder Polen geworden, aber nicht für lange, denn die Nazis haben es besetzt und Chopin verboten. Man riskierte Gefängnis, wenn man ein Nocturne anhörte; man kam sonntagnachmittags heimlich in Wohnungen zusammen, um über seine Töne das gedemütigte Vaterland zurückzuerobern. Danach ist der Kommunismus herangebrandet, eine neue russische Geißel deutschen Ursprungs … Ich spüre jetzt, dass die Realität in Bewegung gekommen ist oder, besser, dass diese Realität endlich diejenige von Chopin einholt. Polen wacht auf. Ich muss dorthin.«

»Sie werden mir fehlen.«

»Das hoffe ich. Ich wünsche Sie mir sogar untröstlich, das verlangt meine Eitelkeit. Dabei brauchen Sie mich gar nicht mehr.«

»Ich spiele Chopin nicht gut.«

»Doch!«

»Ein einziges Mal.«

»Genau. Einmal, als es zwingend geboten war, das einzige Mal, da es die richtige Tür war.«

»Die Tür?«

»Sie spielen sehr gut Chopin, und Sie werden ihn weiterhin sehr gut spielen. Aber nicht auf einem Klavier.«

»Wie bitte?«

»Weil Sie die Tür gefunden haben. Die einzigartige Tür. Die schmale Tür.«

»Wovon reden Sie?«

Sie blickte mich an.

»Sie schreiben, nicht wahr?«

Ich schwieg. Wie hatte sie das erraten? Ich hatte allen die Tage und Nächte verschwiegen, in denen ich Stücke, Erzählungen oder Romane schrieb. Meine Lippen bebten. Sie erblasste aus Sympathie, rückte ihren granatfarbenen Turban zurecht und ergriff meine Hände.

»Schreib! Und denke dabei immer an das, was Chopin dich gelehrt hat. Schreib und lass das Klavier geschlossen, halte keine Ansprachen an die Menge. Sprich nur zu mir, zu ihm, zu ihr. Bleib im Privaten. Geh nicht über den Freundeskreis hinaus. Ein Schöpfer schreibt nicht für die Masse, er richtet sich an ein Individuum. Chopin bleibt ein Einsamer, der mit einem anderen Einsamen plaudert. Ahme ihn nach. Bitte mach keinen Lärm beim Schreiben, verbreite lieber Stille. Fokussiere denjenigen, den du im Blick hast, fordere ihn auf, sich auf die Nuancen zu konzentrieren. Die schönsten Töne eines Textes sind nicht die lautesten, sondern die leisesten.«

Sie schob mich in den Flur.

»Und jetzt keine Abschiede, keine Küsschen, keine Umarmungen, all diese ekelhaften, romantischen, rührseligen Dinge. Ich begleite dich zum Aufzug.«

Auf der Türschwelle blieb ich stehen und fragte sie: »Wie viel schulde ich Ihnen, Madame Pylinska?«

»Nichts. Bei mir bezahlt man nie die letzte Stunde.«

»Warum nicht?«

»Weil sie nur ein Ziel hat: dich zu ermutigen. Habe ich dich ermutigt?«

Madame Pylinska hatte recht. Seit drei Jahrzehnten schreibe ich.

Ich schreibe, indem ich die Feldblumen liebkose, ohne die Tautropfen zu stören. Ich schreibe, indem ich Kreise im Wasser produziere, um das Ausbreiten der Wellen und ihr Verschwinden zu beobachten. Ich schreibe wie der Baum im Wind, der feste Stamm der Intelligenz und das wogende Blattwerk der Sensibilität. Ich schreibe mit dem Wohlbefinden und der Entspannung nach der Liebe, indem ich meinen Figuren tief in die Augen schaue. Und ich versuche, so zu leben, indem ich jede Sekunde auskoste, die Melodie der Tage genieße und mich an jedem Ton erfreue.

Letztes Jahr bin nach Polen gereist, ein freies Polen, befreit vom kommunistischen Beton, wie Madame Pylinska es vorausgesehen hatte. Bei einer offiziellen Begegnung, während der mir protokollarisch der Titel eines Botschafters der Lektüre verliehen wurde, weil zahlreiche Menschen in Polen meine Bücher lieben, stürmte eine alte Dame zum Podium, auf dem ich gerade meine Dankesrede beendet hatte.

»George Sand! Ich wusste, dass du George Sand zuneigen würdest. Die Arme. Na ja, es ist besser als nichts.«

Madame Pylinska, energisch, lebhaft, majestätisch, nur etwas weniger groß und faltiger, öffnete ihre Arme für mich, und ich warf mich hinein. Journalisten und Fotografen stürzten sich fassungslos auf uns, um das Ereignis einzufangen und unsere Euphorie zu begreifen.

Stolz erklärte ich, dass Madame Pylinska vor dreißig Jahren meine Klavierlehrerin in Paris gewesen sei. Reporter vom nationalen Fernsehen eilten zu ihr.

»Sind Sie zufrieden mit Ihrem Schüler? Haben Sie einen herausragenden Pianisten ausgebildet?«

»Er hatte geschickte Finger und viel guten Willen.«

»Spielte er gut?«

»Der gute Wille bei diesem Mann war sehr bewegend, eine Art Hommage, die er dem erwies, was ihn überstieg und ihm unzugänglich blieb. Klar, wenn man sich darauf beschränkte, ihm zuzuhören, und sein Verdienst vergaß, kam man zu dem Schluss, dass … nein, ich ziehe es vor zu schweigen: christliche Nächstenliebe!«

Zwei Monate später verließ Madame Pylinska uns.

Heute Morgen schaue ich aus dem Fenster und betrachte die Natur, die von Trauer nichts weiß und nur das Leben kennt. Unter einem blauen, neuen, klaren, wie reingewaschenen Himmel spielt der Garten eine Barkarole für mich, die Lilien gewiegt von einer munteren Brise, der Flieder raschelnd und übermütig, die Eiche brav und kräftig.

Ich gehe ins Wohnzimmer hinunter und öffne den Flügel. Sofort eilen meine drei Hunde herbei; nachdem sie mit der Schnauze meine Handflächen liebkost haben, legen sie sich unter das Instrument und wiederholen so das Verhalten des Kindes Chopin gegenüber seiner Mutter. Sie zittern, sie können es kaum erwarten.

Ich beginne die *Barcarolle* … Ruhe kehrt ein. Die Musik öffnet mir den Zugang zum Staunen. Die Zeit vergeht nicht mehr, sie pocht. Ich erdulde die Dauer nicht mehr, ich koste sie aus. Alles wird zum Wunder. Ich gerate in Ekstase darüber, zu sein, und versinke im Entzücken.

Zu meiner Linken vernehme ich ein Rascheln. Verstohlen riskiere ich einen Blick.

Ein Vogel hat sich auf den Holzrahmen des offenen Fensters gesetzt. Ich traue meinen Augen nicht: Während das Gefieder grau getönt ist, überzieht eine granatrote Farbe von der Größe eines Turbans den Kopf der Meise, und sie trägt einen Halm im Schnabel, wie eine Zigarettenspitze.

Ich lache. Sollte er stimmen, der Ruf der Meisen?

Verwirrt verfehle ich einen Ton, zwei, verpatze meinen Akkord, hebe die Hände und drehe mich um.

Rasch fliegt die Meise zum Himmel hinauf, wirbelt herum, fliegt hin und her, zögert, fliegt weiter, unterbricht erneut ihren Flug, und plötzlich schießt aus ihrem kleinen flaumigen Hintern – Wirkung des Morgens oder der Freude? – ein schmaler Strahl einer honigfarbenen Substanz, der auf meinem Lid landet und … nein, ich ziehe es vor zu schweigen: christliche Nächstenliebe.

»Ein Roman, der von Widerstandsfähigkeit und Hoffnung erzählt und von dem Mut, über sich selbst herauszuwachsen. Zutiefst menschlich, bewegend.« *Radio-Canada*

Yammie lässt das Stadtleben und ihren Freund Nicolas hinter sich, um im First-Nation-Reservat Uashat als Lehrerin zu arbeiten. Ist sie noch eine Innu, wie die indigene Bevölkerung im Norden des Staates Québec genannt wird, oder ist sie durch Erziehung und Studium der französischen Sprache schon »zu weiß« geworden? Kann sie den Heranwachsenden, deren Zukunft von Alkohol und Depressionen überschattet ist, Perspektiven bieten? In einem ereignisreichen Jahr wachsen die Schüler Yammie ans Herz. Und sie erkennt, dass nicht nur die Jugendlichen reifen, sondern dass auch sie sehr viel von ihnen lernt.